奎文萃珍

异夢記

[明] 王元壽 撰

文物出版社

圖書在版編目（CIP）數據

异夢記 / (明) 王元壽撰. -- 北京 : 文物出版社, 2023.3
（奎文萃珍 / 鄧占平主編）
ISBN 978-7-5010-7418-1

Ⅰ. ①异… Ⅱ. ①王… Ⅲ. ①文言小説 – 中國 – 明代 Ⅳ. ①I242

中國版本圖書館CIP數據核字(2022)第017770號

奎文萃珍
异夢記 〔明〕王元壽 撰

主　　編：鄧占平
策　　劃：尚論聰　楊麗麗
責任編輯：李子裔
責任印製：張　麗

出版發行：文物出版社
社　　址：北京市東城區東直門内北小街2號樓
郵　　編：100007
網　　址：http://www.wenwu.com
經　　銷：新華書店
印　　刷：藝堂印刷（天津）有限公司
開　　本：710mm × 1000mm　1/16
印　　張：11.5
版　　次：2023年3月第1版
印　　次：2023年3月第1次印刷
書　　號：ISBN 978-7-5010-7418-1
定　　價：80.00圓

序言

《异夢記》，明王元壽撰，徐肅穎删潤，陳繼儒評。明師儉堂刻本。

《异夢記》，明代傳奇，分上下兩卷，共三十二齣。卷前有《异夢記引》，後爲目次。首卷卷端頂格題『异夢記卷之上』，第二、三兩行上合并題『雲間眉公陳繼儒批評』，下分别題『古閩徐肅穎敷莊删潤』『潭陽蕭儆韋鳴盛校閲』。全書有插圖十一幅，較精，其中第二幅鎸『劉素明刊』。書眉上刻評語，每齣後亦有草書評語。

此書未題著者。據祁彪佳《遠山堂曲品》，《异夢記》爲王元壽所作。王元壽（生卒年不詳），字伯彭，錢塘（今屬浙江杭州）人。明代傳奇作家。所作傳奇已知有二十五種，今存世者有《异夢記》、《梨花記》（又名《紅梨花記》）、《石榴花》（又名《景園記》）三種。祁彪佳曾評價『伯彭喜爲兒女子傳情，必有一段極精警處，令觀場者破涕爲歡』。

徐肅穎，字敷莊，柘浦（今福建浦城）人，生平事迹今不可考，除《异夢記》，另有删訂傳奇《丹桂記》《明珠記》《西樓記》傳世。陳繼儒（一五五八—一六三九），字仲醇，號眉公，華亭（今上海松江）人。晚明著名戲曲批評家。絶意仕途，隱居崑山，專心著述。工詩善文，短翰小詞，極有風致。《明史》卷二百九十八有傳。

此傳奇講金陵書生王奇俊欲進京應試，先往松江投靠好友。途經渭塘，游顧氏園，遇園主女顧雲容，兩情依依。夜夢與雲容歡合，女以紫金碧甸環爲贈，奇俊則以水晶雙魚佩作答。雲容亦得夢奇俊。夢醒，各得對方信物。奇俊拜訪好友、西臺御史李昌言，得贈書三封，兩封爲其舉薦并籌措車馬之費，一封告范夫人令奇俊與范女瓊瓊完婚。奇俊赴試，遭遇坎坷，路遇同邑張曳白，以夢告之。曳白竊得紫金碧甸環和書信，冒充奇俊至顧家求婚。雲容發現此非夢中人，投水自盡，爲人救起，寓居范夫人家。曳白復冒名來到范府，欲娶范女瓊瓊，爲范夫人逐出。曳白又以瓊瓊之名開報，選取入宫，雲容挺身以代。王奇俊幾遭縲紲，幸得救助并獲舉薦，應試任官西臺御史。適奉詔巡視至山東路，乃治曳白罪，娶雲容、瓊瓊兩女。

《遠山堂曲品》列之入『能品』，評曰：『無端渭塘一夢，王生幾遭縲紲，顧女兩厄于奸人，其魔夢耶？賴有李中丞、吴學士，成名成婚，方不負碧甸環之約耳。此曲排場轉宕，調中往往排沙見金，自是詞壇作手。』卷末陳繼儒評曰：『此記妙處在境界新、機緣巧。就中有許多情事聚散，如冷風岩烟，不可把捉。大凡劇場上看了前折，便知後折等戲，極是嚼蠟，此獨脱盡路徑，所以一轟耳目，遂得立幟詞壇。』

另有《玉茗堂批評异夢記》二卷，爲明萬曆間刻本，卷首載『萬曆戊午（一六一八）孟春蘭畹居士題』之《异夢記序》，次《异夢記總評》，每齣末有評語。

此本鈐『四明朱氏敝帚齋藏』『仰周所寶』『曾留吴興周氏言言齋』『周越然』等印，可知曾爲近代藏書家周越然（一八八五—一九六二）所藏。今藏國家圖書館。

此據國家圖書館藏明師儉堂刻本影印。

中國國家圖書館　沈艷麗

二〇二二年五月

夢多記引

夫涼之非夢者幻也夢世界之永覺

入於岀於夢者至然而然也達

在於高之甚者在於妄之堅在於脫

之不達不甚不堅未免困也困而為

于園樸鰈自躍鮎鬪曰溪的岸然之壯而猶不壯岸世之不壯而獨壯然申不壯間毒火津流殺戮者眉睫事也騷之矣際乃狐氣亦包狐之何彥氣之何說然所不法然

枯骨輜帷不見蠶飛蝶又不無屋子甚
葉狀蓬頭不拔蓬于人何尤其在海
世間破碎鏡提之一樘豈可尉了不歷
歷者君子七尺軀死而小人三尺魯鴻
銅雀之弋問弋者穿問穿者動心云

手張電劍至老莫深至之日界視也
輕行而附繞疆而塞至不入處
深陣也業本然矣
野逸子弘題

陳眉公先生批評異夢記上卷目次

陳眉公先生異夢記目次上卷終

陳眉公先生批評琵琶記下卷目次

陳眉公先生批評異夢記下卷目次終

異夢記卷之上

雲間眉公陳繼儒批評
古閩徐肅穎敷莊刪潤
潭陽蕭儆韋鳴盛校閱

第一齣 開宗

【如夢令】世上百年長夜 一熟黃粱堪詫 甕底醉來眠 知道誰窮誰達 醒罷醒罷醒罷 蕉鹿聚蟻皆假

【慶清朝慢】顧女雲容 王郎奇俊 仙郎合配娉婷 驀地花間邂逅 眼底傳情 兩下投瓊解佩 一場幽夢分明 風波起 朋儕巧計 錯配鴛盟 播璵碎瓊琚 折傷心處 水府再回生 吳學士携紅歸

去相聚浮萍得意霜飛白簡妖僧毒談盡潛形成名後種生雙璧好夢完成

顧雲容花閒巧遇　王奇俊夢裡傳情
李中丞薦賢爲國　吳學士救女完盟

第二齣　期試　（生儒衣上）

【破齊陣】（生唱）鴻鵠乘風展運蛟龍待雨冲飛鶤首泥蟠甲棲雌伏且向風塵混跡一點雄心難强按萬種柔腸只自知早乘春往帝里

【鷓鴣天】年少今開萬卷餘邑人爭識馬相如五丁驅得神功盡二酉搜來秘檢疏數麗藻閣奇書何人今日厠應

所志却如此

徐好携長策干時去入對爐煙待玉除小生姓王名奇俊字彥玉金陵人也神姿高徹體貌清標閥閱門楣不數韋平之濟美崢嶸才地堪齊屈宋之高華揆司馬之雄文燦燦英詞潤金石負虞翻之傲骨稜稜氣節挺雲霄但家藏萬卷若鄴侯田無二頃如蘇李柰功名未遂有日借上林之一枝家室無緣何時種藍田之雙璧今當至順二年天子開科選士小生欲攀花上苑對策公車爭奈資斧未充因此征鞍不果西臺御史李昌言與小生情深研席契結金蘭聞他差往平江路意欲先往吳淞方遊都下我想憑着胸中才學不難俯拾一第不知命運何如好生放心不下正是玄豹夜寒和霧隱驪龍春暖抱珠眠

普天樂我繪虎才、雕龍技、東序實青雲飛、猛可裡氣吐虹霓、宜暫做珠沉漢水、相如未遇、家四壁、却沒箇當壚的佳麗、欲待去獻策金閨、須有日雲霄折桂、那時節覓個月殿仙姬、

懷珍售主逢明
世仗鉞誅讒掃
紫闈 王廷策寫

僥倖亦有不抄文字的

氣槩亦妙

（丑儒巾上云）吾友東南美，元章轡並驅。風雲皆會合，斟酌旅情孤。小子張曳白的便是。與王彥玉最相契合。今日去約他到燕京應試，一路盤纏他。到京科場中抄他幾篇文字，或者僥倖中了也不見得。此間已是他門首，待我進去。（進見科）（丑云）王兄試期已迫，小弟約兄同往燕都，途中使費俱是小弟支值，不勞廢心。（生云）多謝厚意。

【雁過聲】（丑唱）須知養成六翮，趁春風天衢奮飛。春花爛熳長安市，早高攀莫覊遲。看英豪盡赴春闈，人人思際會，龍門一躍堪誰。尾指望日遇風雲，須奮起。

【傾盃序】（生唱）相期着祖鞭往帝畿，挾長策終當際。試看紫電雄峰，白虹良寶，綠綺枯桐，時吐光輝。難道遭逢，按劔做卞和泣玉。蘇生來敝，須信着鄒說射策，定遭時。

眎笔佁身。折腠恭禪。若何如。

〔丑云〕豈有如兒之才人不識的定然高中〔末扮公差上云〕作傳提舉命齊喚秀才來〔相見科〕〔末云〕張相公也在此間〔生云〕到此何幹〔末云〕國師韋眞吃刺思奉旨選取天下童女行演揲兒法官員師生人等俱要出廓迎接明日按臨金陵小子奉提舉老爺之命特來喚相公去迎接他〔生云〕這等妖僧我們不去也罷了〔末云〕這是聖旨誰敢不去還要跪見哩〔生云〕他是僧人豈有跪見之理張兄妖僧横行國事可知了〔丑云〕正是

【玉芙蓉】〔生唱〕我胸藏黼藻奇、素負英雄氣、論剛腸怎肯繞指從時、小弟此行呵懷珍售王逢明世、須仗劍誅讒掃禁闈、我是追風騎、有日奔騰千里、肯甘蹶下輕自挫霜蹄、

〔末云〕王相公花名手冊俱已開送去了明日一定要去的張相公千萬同來〔生云〕知道了〔末云〕正是在他矮簷下怎敢不低頭〔先下〕〔丑云〕我們就要起程快些收拾行李〔生云〕小弟要往淞江拜謁李西臺兄可先行前途等待小弟便是〔丑云〕小

肯費尊齋此

四字妙

弟在前途奉候一路使費不要掛心（低語生）科場中千萬不要吝教（生笑云）一定請教

【尾】（丑唱）燕中去莫遲疑（生唱）但願得春風得意那時看遍名花並轡

歸

窮途日日困泥沙　闊道回看上苑花

正是學成文武藝　合當貨與帝王家

孫雨叔

第三齣　春遊

（外行衣上）

【遶池遊】（外唱）鴻冥棲影着眼春佳勝玉樹彫零柔花嬌倩且乘春

留連風景

〔外云〕幽居人世外久厭市朝喧薄暮荊扉掩誰知仲蔚園老夫姓顧名仲瑛家住渭塘心厭繁華性耽寂寞實因志以遁登有托而逃因此朝廷屢授我翰林院承旨老夫堅意不受隱居此地不幸先妻早世子嗣未生止有一女名喚雲容姿容綽約德性幽貞守禮稱詩秉伯姬之雅操填詞染翰追班氏之才華老夫欲擇佳壻以乘龍尚愆婣期而卜鳳正是中郎有女堪傳業伯道無兒可嗣家老夫新構園亭頗稱佳勝今日花朝且喜春日晴和喚女孩兒出來同到園中遊玩一回多少是好叫梅香後堂請小姐出來〔旦上丑扮梅香上〕

女冠子〔旦唱〕日飾花影紗窗綠蔭嬌偎寶曆明花春山映碧芊匀霞臉新粧纔整啼鶯簾外聽乍驚綺陌春明〔合〕選勝遊芳徑莫待燕老鶯殘柳眠花暝

〔見科〕〔酒泉子〕〔旦云〕歛態窗前裊裊雀釵抛頸〔外云〕燕成雙鸞對影耦新知〔旦云〕玉纖濃拂眉山小鏡中嗔共照〔丑云〕翠連

娟紅縹緲早粧時（外云）孩兒園亭落成正值花朝且喜春光明媚與你到園中遊玩片時（旦云）願隨爹爹（外云）女侍們拿酒餚隨着（丑云）曉得（做行科）

新艷之極

【四時花】（旦唱）春色已滿園亭花間蝶簾間燕對對相迎鬭情譜花擻碧香半傾瓊枝宿鳥啼數聲見春光魂暗驚露桃含艷岸柳吐青花神笑我孤影行羅綺娟曉晴恍忽在瑤華芳境（只見此山影水影花影樹影香影

雅

【集賢賓】（外唱）雕闌綺樹春正明簾前蕙圃香生屋角春山飛翠影廻橋碧水初平花房露久綠嫩紅嬌相映（拿酒過來待我對花飲一杯〔旦〕遞酒〔外〕醉花自飲科〔外〕唱）拚酩酊只恐怕明日陰晴難定

〔外云〕孩兒自你母親亡後留下紫金碧玉鉤環一向因你年小不曾與你今日你且將去收藏孩兒你可收了〔旦云〕多謝爹爹

〔簇御林〕〔旦唱〕金光耀寶氣騰是良工巧製成相連似鸞同心勝紫磨已映春衫冷〔背科〕偎娉婷他雙雙和紐空自伴孤形

〔黄鶯兒〕〔末唱〕桂玉嘆飄零喜伊家性格靈晨昏定省桑榆景〔背科〕他紅鸞運未亨乘龍婿未成摽梅待賦心常省〔轉科〕莫閑評願年年花下酌酒對長庚

雨香雲淡覺微和　暝入花亭見綺羅

遇飲酒時須飲酒　得高歌處且高歌

此時王生托疾亦可

調中京西亦俗

第四齣　闘邪

（生儒服上）

（生云）傳聞絳節下綵綸鸞鳳旌旗拂曉陳獨有野人箕倨慣干官齊出拜行塵西僧輦真吃剌思奉詔選取童女百官俱要出郭郊迎今日將到金陵昨日師長使人來喚小生迎接欲待不去恐方師長之命不免去走一遭也呵

（北新水令）生平壯志貫虹霓撇不下功名滋味俺是箇蛟龍居淺水處豹隱雲泥怎肯挫折了浩然之氣

（虛下淨僧帽𧙝衣旦）小旦持節衆隨上

（南滴溜子）淨唱　仗命親齎辭丹陛拂日陳旌旆蒙恩出紫薇身着緋袍手持綸綍遍處選嬌姿（小生末扮官丑扮秀才出迎科）（淨唱）負弩前驅人盈

生員為何不敢噪

此一段氣節與接官的相反

蟻

（淨云）小僧華兵吃剌思是也奉詔選取天下童女行演撲兒法兼勑小僧掌管天下婚姻之事百官師生人等俱要出廓跪接已到金陵地方呌左右分付百官師生人等俱到衙門相見開具花名手冊聽點（衆應科）（小生末丑進見跪科）（淨云）地方官俱免點拿秀才冊子過來聽點點點科（淨云）王奇俊（衆云）不到（淨云）張曳白（丑云）有（跪科）（淨云）起來怎麼頭一名便不到儒學提舉要參了（末云）不敢提舉有罪快呌王奇俊來相見（衆呌科）（生上）

【北折桂令】（生唱）憑着俺五色文奇平日價氣槩雀巍鐵錚錚幾許腰圍怎肯去俛首低眉奴顏婢膝做啞粧痴却做個當場傀儡把氣節很籍[illegible]見不跪科（生云）老師父拜揖了（淨怒云）這生好無禮你既是箇秀才怎麼不知禮法諸生俱來迎接你獨不來如今進來相見又不行箇跪禮是何主意（生云）恁說甚麼禮法差池俺與恁無交

〇〇〇理甚直

半米却說甚位分崇卑

【南岷江綠】（淨唱）我勢位真無敵往生敢妄爲輕浮倨侮應非禮（你欺我是箇僧家麼）我腰間紫綬懸魚佩身持丹詔離螭陛怎敢踈狂違背你是泮水儒生不守王家綱紀

【北雁兒落帶得勝令】（生唱）（恁怎不）戒貪（痴守着）佛祖規（怎不）去嗔痴（誦着）如來偈（怎不）禮金姿（脫着）苦海危（怎不）持貝葉（趕着）龍華會（說甚麼）演楪使君迷竊一領紫金衣宣一道斜封勑把羊質假虎皮無知恁學山鬼含沙射敢爲我有日價去城狐把魍魎誅

可恨

眞要食肉寢皮

【南僥僥令】（淨唱）眞如宣密諦姹女演玄機願得君王增壽紀笑愚生妄肆譏笑愚生妄肆譏

【北收江南】（生唱）呀你子道𢘆元陽轉秘機其誤國把君欺恁道法華自轉闡玄微怎知火坑造下迷天罪恁這般所爲恁這般所爲眞是妖狐假虎妄張威

【南園林好】（衆對生科）笑愚生休輕抗違（衆對淨科）望慈悲休論是非（衆對生低唱科）他憑着薰天之勢你挼社鼠觸權威科乳虎履危機

【北沽美酒帶太平令】（生唱）恁齎鳳詔宣紫泥齎鳳詔宣紫泥把子女强分離家家啼哭怨聲悲恨不得食伊肉寢伊皮張毒燄似

蒼鷹轉翼摟滛妖把意馬奔馳鮑魚肆汚了檀那香地陽臺雨亂了般若清規我呵子待要誅伊戮伊把一箇權奸剷夷呀那時節方消得民間怨氣（生下）

（淨云）那狂生竟自出去了（衆云）書生無知一時冒犯望乞海涵（淨云）我不計較他這佡秀才做人忠厚（丑云）不敢生員咔做張叟白望國師作養（淨云）我知道了

【南尾】（淨唱）雙龍闕下承恩異那黃口無知見識痴（衆唱）莫較書生禮法踈（衆官告退）（淨云）不消行禮了

袈裟影入禁池清　　至道安禪得此生

正是一朝權在手　　看他便把令來行

（淨吊場科）可恨那王奇俊他公然敢來挺撞我我聞他甚有才名儻然進京中了必來害我我與撒里丞相極厚寫一封書與他叫他奏過聖上停罷科舉他便有才也無用處了再尋他此事故慢慢害他有何不可

正是恨小非君子　果然無毒不丈夫

以不憐才之人傚法秃驢千古罪談

第五齣　赴任

（外冠帶隨衆上）

卜算子（外唱）枉史侍皇家豸繡君恩大故人音信隔天涯時把交情掛

（外云）威府題靑囊殊章動綉衣風連臺閣起霜就簡書飛下官姓李名昌言金陵人氏官拜西臺御史與同邑王彥玉曾同管寧之席遂結鮑叔之知下官先入仕途他猶困黌序奈他腹藏五車之富家有四壁之貧下官因此時勤念想今蒙

雅。整。

聖恩差下官巡視平江路地方我到任之後他必訪我待他來時再作區處今日黃道吉日起程赴任下官家姑嫁與憐平范老先生此云憐平正是便道就拜訪家姑多少是好吽左右就此起程〔衆應科做行科〕

【攤破金字令】〔外唱〕春風淡蕩景色真如畫。巡行攬轡豸節群烏下。看赤豹雲司文貍乘駕。遙望着吳門雲影練飛。驄馬驅馳四牡。春正華。御柳拂行車。東風吹斂花。隼集高牙皂蓋堪誇。看豺狼避跡誰不詫。

〔外云〕此處是甚麼地方〔衆云〕是齊東縣〔末扮官持書上〕神交作賦客書上玉墀人〔見外科〕〔末云〕小的是平章杜老爺差來的有書拜上老爺說金陵王彥玉相公老爺久慕才名欲延爲西席敢求老爺轉達〔外接書看科〕我知道了我到任之後王相公必來見我轉致你老爺盛意便是路次沒有回書王相公來時我自有書與你老爺〔末應科〕正是傳書達烏府領

命覆黄扉〔下科外做行科〕〔外云〕我想彦玉那兄弟呵

【夜雨打梧桐】〔外唱〕年方少學可誇春雨潤桃花對公車魚龍將化他已學成文武合貨與王家〔淨扮武官隨衆迎上科〕〔淨云〕家居五原上征戰是平生快報平陰宜尉劉均迎接〔衆報科見科〕〔淨云〕下程手本人夫路費手本做送外看科〔外云〕下程收了人夫路費我這裡自有支應要他何用〔淨云〕各位大人經過宜尉舊有公禮望老大人鑒納〔外云〕既是公禮就勞收貯在此我有一故人不日往京應試他到平陰就將此銀送他爲車馬之費他來時我自有書來〔淨云〕領命宜尉送老大人〔外云〕不勞了〔淨云〕正是却愧稱廉吏留金待故人〔下〕〔外云〕吽左右快到憍平縣范老夫人家去〔衆應科〕〔外唱〕他題橋志高應可嘉怕窮途困阨難把征鞍教人暗掛他是玉無瑕肯教埋沒連城價荆山只自嗟

驄馬鐵連錢　姑蘇落海邊

雁飛不到處　人被利名牽

全韵落路

第六齣　閨訓

老旦小旦上

【齊天樂】老旦 歲華綉閣朝暘裡，轉眼春回枝上。歷下無兒，堂前嬌女，鎮日桃天懸望。小旦 慵離鴛帳，看袖蟬香風，鬢約微黃。母訓親承，青閨閑局綉鴛鴦。

【臨江仙】老旦云 蘭沐初休曲檻，暖風遲日洗頭天。旦云 濕雲初斂未梳蟬，翠袂半遮粉臉，寶釵長欲墜香肩。老旦云 此時模樣不禁憐。老身李氏，先夫范椁，官拜嶺北道經歷，不幸蚤棄砧，不祿蘭桂無緣，止生一女，名喚璦璦，容若氷桃，才過詠雪

多事

休誇顴家婦閨中之秀絕勝王夫人林下之風只因他燕爾愆期桃夭未偶老身因此時時在念我有侄兒李昌言守拜西臺御史近聞他差往平江路他便道必來見我待他來時把女兒親事托他尋一佳婿有何不可我兒昨日與你講的毛詩想你已記得了（小旦云）孩兒記得了（老旦云）今日把烈女傳與你講一番（小旦云）多謝母親指教

【剔子序犯】（老旦）彤管紀遺芳捐軀赴火甘守蘭房（小旦云）這是衛伯姬（老旦唱）誓死無移貞操凜若冰霜（小旦云）好一箇共姜（老旦唱）心傷劓鼻的身甘悽愴（小旦云）這是梁高行（老旦唱）辭金的魂歸泉壤（小旦云）這是魯秋胡的妻了（老旦唱）他名標史上美芳規流傳千古姓名香

（末行衣衆隨上末云）巢許山林志稽康有故人平生自投分意氣死生親下官翰林院學士吳澄是也昔與范老先生交厚不幸他棄世妻女無依老夫時時周濟老夫欲往平江路訪一故人特來與范夫人說知此間已是他門首快去通報

蘭臺深見如香
路任風塵
趙松雪寫

劉素明刊

恐妨工

爽捷

〔雜云〕老夫人在內閣與小姐講書待小人傳進去〔末云〕既在那裡講書我不相見了你可傳進去說我要往平江路去特來別老夫人〔雜應科〕〔末云〕蘭臺謀兒女客路任風塵〔下〕〔雜進見老旦科〕〔雜云〕吳老爺要往平江路去特來別老夫人聞老夫人在此講書故此不進來就回去了〔老旦云〕我知道了在外面伺候〔雜應出科〕

〔山漁燈犯〕〔小旦〕佩蘭言心自想我一點芳心那敢飄蕩碧欄外紫豔紅芳何心玩賞那管蜂蝶花間攘任深閨閉老春光淒涼又花飛綺窗杳殘月冷芙蓉帳剌繡倦凭瑇瑁床無情况把濃粧丟漾說甚麼一枝紅艷露凝香

〔外冠帶眾隨上〕杳杳出西顧漫漫長路迫我思在所親引領冀良覿此是范夫人門首快去通報〔雜報科〕李老爺到了〔老旦云〕快請進來孩兒進去〔小旦云〕避人還繡戶訪故下星軺〔下〕〔外進見科〕〔外云〕姑娘在上姪兒有一拜〔老旦云〕途路辛苦

不必拜了〔外拜科〕姪兒王事久羈竟闕問候之禮路途修阻常懷渴想之心伏乞包涵惟祈恕宥〔老旦云〕姪兒你通籍金閨宣威白簡門楣光耀孤寡榮施姪兒自從你姑夫亡後門戶衰零止有一女未得佳配欲你爲我擇一佳壻以了你妹子終身之托

〔外云〕領命

〔普天樂犯〕〔老旦〕景桑榆無靚傍喪藁砧時悲愴喜嬌兒繡閣承顏似瓊枝細蕋含芳爲快壻常懸望王謝門楣須成模樣待擇個年少東床須仗伊王張早成就碧蓮枝上並蒂香

〔外云〕姪兒有一契友姓王名奇俊金陵人氏他才如子建貌比安仁信是坦腹之王郎可配來心之謝女〔老旦云〕那生果是如何哩

〔朱奴兒犯〕〔外唱〕年英妙芳名早揚才藻麗藝文堪賞更嬌嬌丰姿

安頓妙○○○

氣豪奕堪做箇畫眉張敞此生今日雖然未遇有日名標榜上臚傳帝鄉方顯得郄詵高第姓名香

（老旦云）既是他才貌兼全我就把女兒許他終身有托了怎得那生到此待老身一見方好（外云）侄兒到任之後他必來訪我那時侄兒修書一封令王生到此待姑娘相見之後再令人議親便是（老旦云）此事甚好只是路途遥遠只怕不肯下顧（外云）他赴試燕京傅平正是便路

【尾】（外唱）他是郄家婿玉潤郎曾取繇牽繡帳（老旦）專望着門闌喜氣揚

（外云）侄兒就此告別（老旦云）王程緊急不敢久留

莫道河橋落照中　長卿文彩冠諸公
做成鸞鳳青絲網　碾就鴛鴦白玉籠

大閙[illegible]

第七齣　窺香

生做行船淨扮船家上

香遍滿 生唱 長途春曉琉璃碧水通畫橋風送扁舟回短棹綠陰藏水鳥長堤掛柳條 淨云 風太去不得了 任船 做住船科 生唱 汀洲泊小船看夾岸春陰遶

生云 這是甚麼地方 淨云 這是渭塘 生云 你可跟我到岸上閑走一會 做上岸淨跟生走科 生云 好一座大花園懶盡看 生唱 誰家臺榭倚重霄曲岸低垂露井桃 稍承這園是那一家的 淨云 是顧家的主人叫做顧仲廉 生云 却是這位老先生家裡的你可對他家園丁說我要到他園內遊玩片時 淨向內問科 顧老官我船上一位相公要到你家園中遊玩與你幾貫銅錢 內應云 老相公不在家請進來看不妨 生做進科 生唱 蔣

巧○合○

句○工○甚○韻○甚○

生三徑景偏饒他說主人不在家 到門豈敢題凡鳥稍水你去沽一壺酒來待我在此飲一杯淨應下科生唱獨對花神泛紫醪

生云有一個女子出來待我躲在花陰下看他一回旦丑扮使女同上

二犯梧桐樹旦唱驕起篆烟消、笑整宮粧巧、緩步芳堤、愛惜春歸早、許久不到園中你看紅紫爭妍鶯簧弄舌好春光已過一半了 流鶯聲裡春陰老、芍藥欄前景色饒、旦見生科那花陰下似有人在那里 桃源怎有漁郎到、待我走過那邊避了生隨走科旦唱怕漏洩幽香惹得狂蜂蝶鬧虛下

浣溪紗生唱他落雁容、沉魚貌、似仙媛降謫雲霄、世間那有這標標致女子 春山淡淡籠烟樹秋水盈盈映月嬌身兒俏最堪愛半佯羞半偷

如此景如此情悠然可掬

趣語

詞至此耶

覷撇下萬種妖嬈〔旦復上生看旦〕旦偷看生科

【劉潑帽】〔旦〕唱 水邊高閣春光鬧是甚人暫任行鑣那生生得好他裁雲剪雪多風調〔生看旦旦背科〕〔旦唱〕把俊眼瞧想劉郎悮入蓬萊島

【秋夜月】〔生〕唱 身艷體嬌似弱柳隨風嬝蕩漾裙釵香縹緲〔旦云〕這花開得好待我折一枝下來〔生唱〕嬌羞愛折花枝笑將花自比麼怎如他窈窕〔旦看生科生看旦旦避科〕

【東甌令】〔旦〕唱 他將人搆暗相招脉脉春心枉自焦恨花神不管人煩惱這芳情未許人知道東墻巳斷影蕭蕭幾度欲魂消

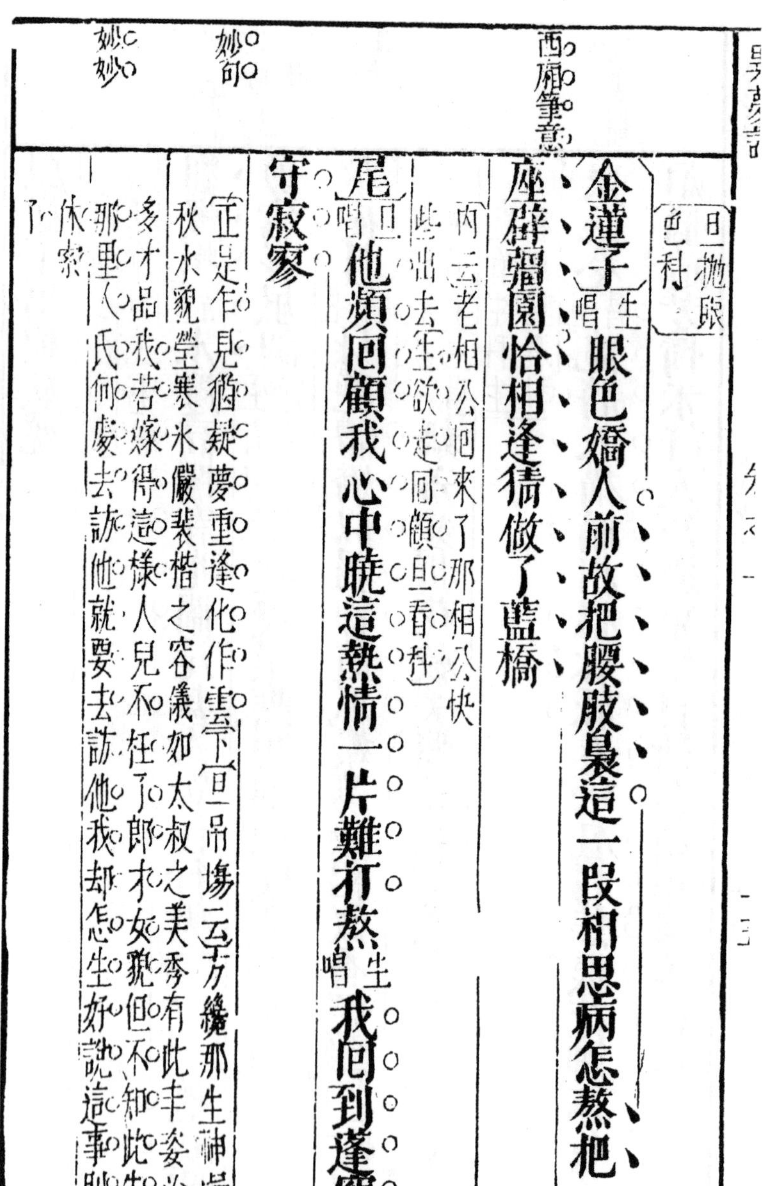

旦抛跌色科

西廂筆意

金蓮子（生唱）眼色嬌人前故把腰肢裊這一段相思病怎熬把一座辟疆園恰相逢猜做了藍橋

內云老相公回來了那相公快些出去生欲走回顧旦看科

妙句

尾（旦唱）他頻回顧我心中曉這熱情一片難打熬（生唱）我回到蓬窗守寂寥

妙妙

正是乍見猶疑夢重逢化作雲下旦吊場云方纔那生神凝秋水貌瑩寒冰儼裴楷之容儀如太叔之美秀有此丰姿必多才品我若嫁得這樣人兒不枉了郎才女貌但不知此生那里人氏何處去訪他就要去訪他我却怎生好說這事則休索了

情語無聊 誰曰夢無根此折是也惟此處鍾下許情總有異夢

〔羅江怨〕旦唱 園中遇俊豪空縈懷抱無媒徑路枉相挑料此生難結鳳鸞交也（就是那生要來訪我却也無因而至）思到瑤臺何處尋青鳥杳腸也枉焦相思也枉勞虛度了奴年少

美爾優游正少年　一生憔悴對花眠

得爲比翼寧辭死　願學鴛鴦不羨仙

按六更甚巧細六紀羅

第八齣　夢圓　生上

〔夜行船〕生唱 姹紫嫣紅香滿嬌娥獨立瑣軒顧盼含情困迷無語幾許綠羞紅怨

佳句

醒語

〔杏園芳〕嬝娜嫩臉花明，教人見了關情。含羞舉步越羅輕，稱娉婷。花朝咫尺窺香閣，迢遞似隔層城。何時休遣夢相縈，入雲屏。小生適在園中，見一女子，姿容絕世，顧盼傾城，看他目挑心招，教我眉留意亂，回到舟中，好生思想他。

〔步步嬌〕佳人邂逅情留戀，半露芙蓉面。輕盈態可憐，似嫋嫋花枝舞風嬌顫。他俊眼把情傳，教人旅況添愁悶。

此時已夜深了，不免掩上蓬窗，假寐片時。〔做睡科〕〔小生扮神鬼判隨上。小生云〕天上比翼鳥，地下連理枝。相逢都是夢，何必夢來時。吾神主婚使者的便是。蒙上帝玉旨，勑吾神掌管人間婚姻。今有王奇俊與顏雲容該有婚姻之分，先該夢裡相逢，向後方得會合。不免指引王奇俊到雲容房中，與他相會，夢中再顯奇異，以為後日應驗。叫小鬼把王奇俊的睡魔揭起了，指引他到顏雲容房中去。

〔鬼應介，做起合眼隨小生走科〕

〔忒忒令〕〔生唱〕**暫離了蘭橈畫舫，過小橋再來花苑。見雕欄幾曲，把**

簾垂金蒜悄地到綺窗前悄地到綺窗前見風吹麝蘭香先颭一線、、

生云此處已是他房門首了待我叩門做叩門科鬼引旦上

尹令 旦唱 繡窗外誰來小院待偷瞧嬌羞滿面 旦出見生生做進旦背立科旦云原來是這生生云便是小生旦唱 他是風流俊彥適向陌頭窺見、、、、、、、 生云園中見的正是小生

旦唱 驀地重逢教我俛首無言情暗牽

品令 生唱 池亭邂伊儼似降飛仙隔簾偷覷瞧得眼兒穿 小生回去好生思想小姐 花間乍轉教人默地相縈戀 旦云你又來自想待怎麼生唱 天台再入莫負重來劉阮 生挽旦旦做羞不肯科生唱 帶綰同心願效沙邊交頸鴛

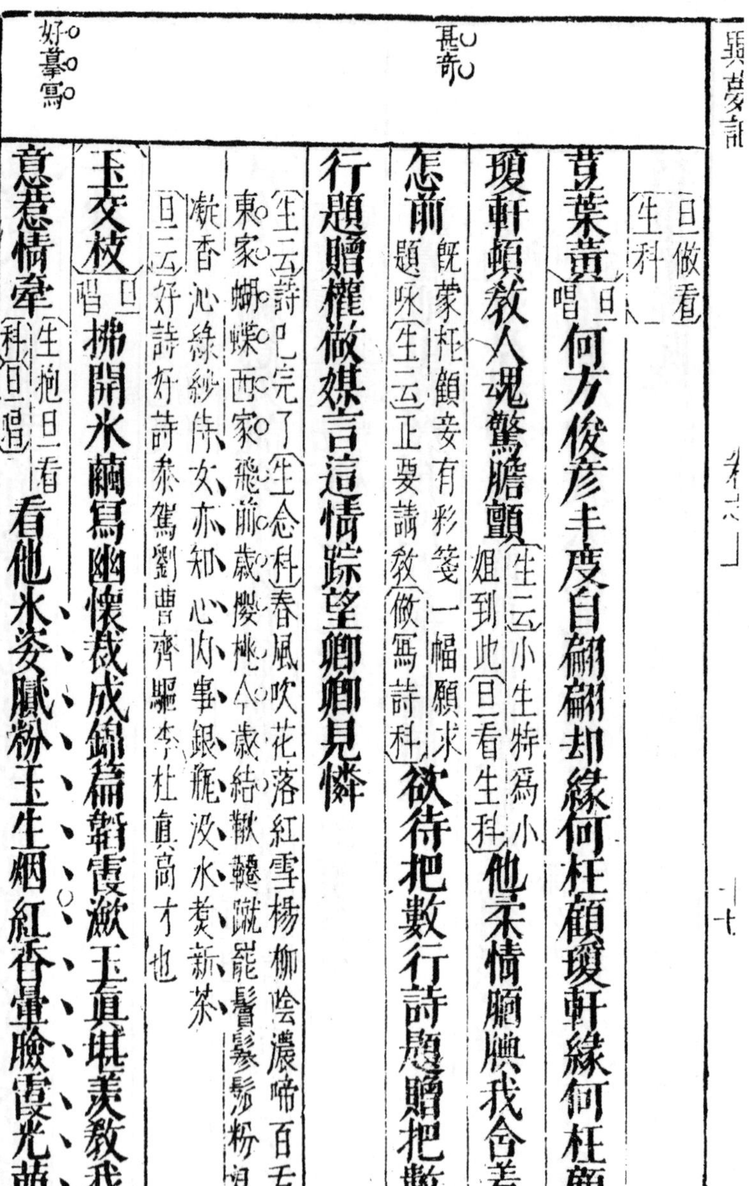

甚奇　好摹寫

旦做看　生科

菩薩蠻　旦唱　何方俊彥丰度自翩翩却緣何枉顧瓊軒緣何枉顧瓊軒頓教人魂驚膽顫　生云　小生特爲小姐到此　旦看生科　他柔情腼腆我含羞怎前　既蒙枉顧妾有彩箋一幅願求題咏　生云　正要請教　做寫詩科　欲待把數行詩題贈把數行題贈權做媒言這情踪望卿卿見憐

生云　詩已完了　生念科　春風吹花落紅雪楊柳陰濃啼百舌東家蝴蝶西家飛前歲櫻桃今歲結鞦韆蹴罷鬢鬖髿粉汗凝香沁綠紗侍女亦知心內事銀瓶汲水煮新茶　旦云　好詩好詩忝駕劉曹齊驅李杜直高才也

玉交枝　旦唱　拂開冰繭寫幽懷裁成錦篇對雲漱玉真堪羨教我意惹情牽　生抱旦看　科旦唱　看他冰姿膩粉玉生烟紅香暈臉霞光茜

兩相偎流蘇錦鸞、爲伊鬆羅裳金釧

〔生挽旦下科〕〔小生云〕他兩個進去了

〔月上海棠〕〔小生〕兩意堅懽悞暫結三生願他兩人會合還未有期哩似荷錢擎露珠碎重圓霎時間偎抱香紅頃裡分開雙燕、我想人間姻緣那一個不是夢來空纏綣櫻桃蟻聚豈是到底姻緣

〔生旦挽手上科〕

〔江兒水〕〔旦唱〕鬢亂釵橫燕香消鬓墜蟬〔生唱〕微微氣喘纖腰倦暫酬惜玉憐香願相添憐綠愁紅怨〔合〕好結百年姻眷頃刻相逢何日再來庭院

梦裡團圓人未
圓覚来依旧多
孤眠
王廷策筆
異夢記
卷之上
十八

〔旦云〕妾有紫金碧甸環一箇贈君願得如環不絕〔生云〕小生有水晶雙魚佩一枚送小姐更祈魚水同帷

川撥棹〔生旦〕情深眷滿青衫珠淚染願如環宛轉相連似魚比目雙游水邊怕折散並蒂蓮怕分開比翼鴛

尾綢繆繡帳情非淺一會兒春生羅薦相逢回首各茫然

〔外上云〕甚麼人走在我女孩兒房裡來快拿快拿〔小生鬼引旦同外急下〕〔生做睡醒科〕好古怪好古怪小生方纔睡去走入重門直抵密室見夢中相會那女子羞蛾淡掃慢臉重匀比初見麗兒愈覺俊雅那女子將錦箋一幅要小生題咏小生援筆題詩一首詩句尚然記得小生與他並入羅幃百般恩愛臨別時節他似紫金碧甸環贈我小生以水晶雙魚佩荅他〔做看科〕呀那雙魚佩怎生不見碧甸環到在此間這夢兒好生奇異

二犯朝天子〔生唱〕錦帳分明會玉仙笑倚羅幃裡兩情牽把雙環

寄贈訂良緣尚依然誰知夢裡團圓人未圓覺來依舊孤眠這淒凉萬千這淒凉萬千

内叫云風順了快開船生云這夢兒後來必有應驗莫非小生與那女子有姻緣之分也未可知欲在此再住數日訪問箇消息爭奈船已開去且到吳淞見了李先再到此間訪他

野渡無人舟自横　一場春夢不分明

東邊日出西邊雨　道是無情又有情

夢中覓向夢中敘聯這姻緣算來不信

第九齣　思夢　日上

好

夢醒猶是夢

〔迸紅樓〕旦唱悶倚銀屏被半薰更漏永夢逐行雲春恨無端粉滑香褪那裡是夢中人〔薄命妾〕天欲曉宮漏穿花聲繚繞隱裏星光少冷露寒侵帳額殘月光沉樹杪夢斷錦幃空悄悄强起愁眉小奴家園中偶遇那生展轉思量放他不下到夜間忽然夢見那生來到奴家房内奴家要他題詩他就援筆立成一首就把奴摟定百般恩愛萬種温存臨别之時奴家把紫金碧甸環贈他他把水晶雙魚佩荅我呀這詩兒果在桌兒上墨跡尚然未乾〔尋環科〕我的甸環如何不見那雙魚佩到在這裡這夢非同小可想奴家終身之托或在那生也未可知若不見此人奴家决然不嫁只是這話兒我怎好對爹爹說知好苦楚人也

〔尾盆兒〕一從見後柔腸轉展暗消魂看懶畫鬢鬟慵匀强支持安排腸斷到黄昏驀地裡枕兒邊衾兒畔相親並香肩雙雙倚務

似事如畫

想頭好

裀這時節許多幇襯把我寶釵鬆綉裙解蘭芽損那會兒雲雨記來眞

【榴花泣】憑前折証莫道夢難憑雙魚佩掛羅裙花箋題咏墨痕新被風傳玉漏吹散楚山雲待重眠不穩見銀缸半滅留殘暈欲待要再到陽臺却無處追尋花信

【喜漁燈】幾番想着他手韻轉添愁悶羅衫上點點啼痕雖則是見君見君夢裏相親近魂隨芳草枉憶王孫傷神怕㦗㦗瘦損比梅花瘦添幾分

【外上云】丹詔天邊至春紅枝上飛孩兒朝廷差輦眞國師選取童女如今將到平江路了我用了銀子不把你的名字開

又轉一折

去但在市上居住恐怕有些風吹草動怎生是好且移到村裡庄上暫住幾時待他開報完了再移回來（旦）云憑爹爹主張（外）云你可在此收拾我去叫船正是達人識禍患智者在機先下（旦）云奴家本待在此痴心望着那生再來尋訪也未可知如今移住村裡住了他便來也沒處尋訪了

尾聲蓬山遠雲路分那得見青閨夢裡人爭奈夢短情長空憶君

天色將晚且收拾了待爹爹回來

窗燈欲滅夜寒生　風透疎簾月滿庭

相思相見知何日　此時此夜難為情

迴見夏憂

原來王彥玉是個抽豐客

第十齣　訪故

（外冠帶衆隨上）

生查子（外唱）受命涖烏臺，日簡霜威謁故友，隔天涯，懸榻時相待

驄馬金絡頭，有事在四方，投分寄石友，久要不可忘。眷言懷君子，沉痛在中腸，如何金石交，一旦更離傷。下官李昌言，蒙聖恩差視平江路，到任之後，日望兄弟王彥玉來到吳淞一會。下官修書三封在此，一封教他到齊東杜平章處資他館穀，一封教他到平陰劉宣尉處資他車馬之費，一封教他到傅平家姑處與我表妹完姻，專他來贈與他。不知何故許久不到。叫左右，外面有金陵王相公來，快來通報。（衆應科）（生上）

前腔（生唱）夢裡有奇逢，夢醒音容隔，策馬訪西臺，再覓嬌娃宅

（生云）此間已是李兄衙門，首快去通報金陵王相公來訪。（衆報科）王相公到了。（外云）快請。（外出迎生進見科）（生云）宣威驄馬，身着紫衣趨闕下。（外云）滿腹珠璣，才子當今劉孝威。（生云）恩榮曠蕩，直登宣室螭頭上。（外云）仕宦棲遲，論交却憶十年

酸氣。

時賢弟金陵分袂倏歷星霜燕市彈冠覊遲歲月你久懷文于隱豹願發跡于登龍（生云）小弟黌序久覊愧立身之不早青衿困阨恨策足之未高今雖當射策之期恐未遂釋褐之願哥哥聽禀

太師引（生唱）困青齋幾載愁如海向燈窗把芸篇自裁服鹽車長鳴冀野向燕都收骨金臺（外云）賢弟試期已近了（生唱）正桃花浪煖春期在怕龍門點額沉埋想長安名花遍開須及早往都門獻策金階

前腔（外唱）英雄志休教息你是箇金華儁才向榆枋卑棲暫息看上苑全枝相貸（生云）只怕命運未該（外唱）染京塵莫患貂裘壞愧不能綈袍相待但願脣青紫應如拾芥須有日皇都奪錦歸來

（外云）賢弟此行愚兄無以爲贈有書二封在此（出書科）這一封書送齊東縣杜平章老先生他慕賢弟才名他要我爲介

三封書不如此封妙

紹欲請賢弟爲西席我想這位老先生清高雅尚敢是我輩中賢弟不可不應允（生云）領教（外云）這一封寄平陰劉宣尉我有人夫水手銀一百兩前日他送來我不收特留在彼處以爲賢弟車馬之費賢弟可到彼處取用（生云）多謝（外云）這封書勞賢弟帶至博平縣寄家姑范夫人收拆其中緣故賢弟到彼處自知（生云）領命多謝吾兄盛意小弟此去啊

三學士（生唱）萬里雲衢無阻礙我只愁旅况難捱你瑤函寄雁交情重兄我空含歌魚客思哀倚伏升沉難自揣怕獄底寶氣埋

前腔（外唱）席上儒珍須自愛肯教他沒在塵埃空函遠寄雲中信照乘還徵鄴下才捷報泥金應可待看明月怎暗埋

（生云）小弟告別（外云）左右取白金二十兩送王相公（送行科）（生云）多謝

黃鳥翩翩楊柳垂　留君不住益淒其

騙外方人不料是拐子

果然久旱逢甘雨　正是他鄉遇故知

全物追文

第十一齣　空訪　淨巾扮拐子上

雙勸酒淨唱形如沐猴　東奔西走　胡言亂撈　全憑利口　由他諸葛　有奇謀　怎能彀脫得吾鈎

淨云一身刱無活計　全憑拐騙爲生　妻子被人拐去　单单剩得光丫　自家滑塘一個有名的拐子便是　一向只靠在街坊上東走西撞　拐騙些錢鈔　如今滑塘街上知道我大名　再沒一個來上鈎　這幾時生意甚是不濟　在家中又閑坐不過　只得在街上閑走　儻然有外方人來　將計就計　騙他些銀子來用　此是顧仲瑛花園　此人清奇古怪　把花園緊緊閉了　不許人進去　近日聞他移在庄上去住　且進去看一看進科果然好景致　妙妙做看生上

曲盡揚子行藏

【[illegible][illegible]令】（生唱）夢裡結鸞儔待重來尋花問柳縱然上苑花如繡怎

如親折春柔

（生云）小生別了李兄再到渭塘尋訪這女子怎得人兒問個消息此間已是他園門首了開門在此待我走進去呀前面到有一個人在那里閑行待我問他一聲見淨科（生云）老兄拜揖（淨云）長兄何來（生云）小生姓王名奇俊金陵人氏見此花園佳麗因此特來遊玩請問此園是誰家的（淨云）是舍下的（生云）這等顧仲瑛是何人（淨云）是家兄（生云）這園果然造得好（淨云）不敢粗園（生云）敢問令兄有幾位令郎（淨云）沒有（生云）有令愛麼（淨云）有一箇舍侄女（生云）令侄女曾許人家麼（淨云）尚未許人兄為何問他莫非要求舍侄女親事麼（生云）不敢（生背云）小姐既未許人正好央此人轉求親事只是夢中之事未可與他明言我且說求親看他怎麼（轉對淨科（生云）小生久慕令兄老先生清高令侄女賢淑雖有仰攀之心未敢造次相求（淨云）王兄你說那裡話小弟看兄一表人才將來必是大貴人舍侄女若嫁了長兄豈不終身有托有

如今好雅的人就是生騙

熟套

何不可小弟一力主張成就長兄好事（生云）多謝厚意只怕令兄未必見允（淨云）有個緣故家兄一定肯的（生云）甚麼緣故（淨云）舍侄女生得姿容絕世多少富子弟來求家兄只是不肯家兄說不論人家只要女壻有才有貌如兄這等人品一定是個飽學家兄極聽小弟言語小弟極力攛掇自然肯的（生云）若得如此自當重謝（淨云）若說謝便俗了敢問兄是那一學

【二犯桂枝香】（生唱）儒紳自守慾期婚媾聞知淑女貞柔特地來求鸞偶（背科）心愁思量夢裡情意投相思惹下無可酬怕良緣空好逑（淨云）這事都在小弟身上包長兄成事兄在尊寓多住幾晌小弟到下鄉去幾日回家就與家兄說知（生云）長兄去了幾時回來（淨云）多只半月少只十日（生云）小生怎麼等得敢求長兄與小生完了此事去方好（淨云）不敢相瞞鄉下舍親有一事央小弟去處有數十金謝我若不去便折趟了這些銀子（生云）這箇何難小弟有白金二十兩先送長兄待成

○○○○參了更俗高雅何如

了親事還要再謝（出銀與淨科）（淨云）這個怎麼敢受（生云）請收了（淨云）這等多謝兄可在園門首待一待小弟同家兄出來相見家兄見兄一表人品小弟在家兄面前竭力攛掇怕他不成（生云）小生在此相候（淨云）小弟進去就來正是全憑三寸舌打動世間人（淨下生云）小生到此恰好正遇着賢兄難得他一力應承**瑤宮仙媛祈逢寒修江南驛使春傳隴頭看雲滿巫山岫春生美玉樓**

（生云）這個兄進去許久怎麼不見出來莫不是他令兄不在家待我問一聲（向內科）借問一聲賢相公在家麼（內云）他舉家移在鄉間去了（生云）幾時去的（內云）去了十多日了（生云）幾時回來（內云）不知幾時回來有半年去哩（生云）他的令弟可在麼（內云）他沒有兄弟（生云）方纔送我出來的是何人（內云）這是拐子被他賺了（生云）有這等事他掇賺我的銀子不在話下只是小生空來了這一番那里去尋個信息好苦楚人也

○○○○總之作夢

前腔（生唱）**姻緣遇逗夢兒空守武陵再棹漁舟迷却桃源仙岫**小生

頭巾氣

欲待尋他不知移在何處欲任此等他不知幾時回來 休休鸞鳳去何處求蘋花欲採不自由轉思量心轉愁梨雲迷夢恩情枉綢雙環在手瑤瓊枉投着浪滾鴛鴦浦寒生翡翠樓

（生云）小生在此也沒處尋問消息且到京中應試中了、那時尋訪、這就容易了、

長安此去復何依　斜日空園花亂飛

夜靜水寒魚不餌　滿船空載月明歸

迂腐之人遭歸之宜

第十二齣　鬧病　（旦扮病上）

【山坡羊】（旦唱）影蕭蕭孤㷀誰共病懨懨寒衾獨擁瘦怯怯香肌漸

詩甚婉致　句好

蓁思遥遥沒影鴛鴦夢綠鬢鬆容華落鏡中銀針懶繡懶繡雙棲鳳沒巴臂相思影兒愛寵情濃盡犀有夢通重逢魚書無路通（旦云）奴家爲因思想這夢兒染成此病自庄上移歸此病越加沉重但不知那生何處人氏何時得見他這話兒又不好對爹爹說知病兒多應不濟事了身體困倦待奴家强睡片時（做睡科）（外上云）雙鬟慵整玉搔頭簾幕襤褸不掛鈎惆悵近來消瘦盡淚珠時傍枕函流（入見旦科）孩兒你的病體何如（旦云）爹爹十分沉重

皁羅袍（外唱）孩兒你鎮日雙蛾愁冗似海棠帶雨漸褪春紅莫不是花陰緩步露華濃繡幃夜倚輕寒擁（旦唱）不是羅衣寬褪心驚曉風銀釭孤照嵬魂驚暮鐘無端瘦骨加沉重（外做桌上看詩科）（外驚云）這詩是男人筆跡你閨房之中誰人拿來與你的（旦不語科）（外怒云）你快從實說來（旦云）爹爹

刘素明刊
異夢記
卷之上
二十六

双鬟慵整玉
樓頭簾幕檻
移不掛鉤
紫芝筆

寧信其爲夢乎　癡老

孩兒這病正是這詩上起的

（外云）却怎麽在詩上起的

【解三醒】（旦唱）白那日繡幃幽夢（外云）怎麽說起夢來（旦唱）見少年把彩箋題咏綺屏形影聊相共那時他把雙魚佩贈我孩兒把碧劍環贈他忙驚覺月朦朧燈昏漏殘心怕恐只見玉蘭雙魚儼夢中奇逢因此上惹起愁衷

（外云）原來是夢你想他何用

【玉胞肚】（外唱）無端妖夢沒來由情深意濃看從來蕉鹿柯蟻好一似泡影無踪我那兒我桑榆暮景漸龍鍾忍見你消殘舊日容

（旦云）孩兒想這夢定有應驗奴家若不遇夢中所見之人情願終身不嫁（悲科）

【掉角兒序】（旦唱）雖然是浪跡浮踪終湏有箇相逢儻然做孤飛斷

郎此是醫王倚人家女子實落在園亭相會之日投環索詠訖日異夢其父亦信之乎觀終是蠢物

鴻、怕清霜斷送芙蓉、（外云）孩兒不要癡了待我請個太醫來看你（旦唱）有倉公都難用、損病容、怕今生棲老梧桐、鳳生難共、死願從、拚做了鴛鴦塚、

（外云）孩兒你既然如此執迷、我就去與官媒婆說、凡收得碧甸環、記得夢中詩句的、不拘遠近、我就把你嫁他、你可慢慢將息

尾（外唱）你將藥餌親、莫把閑愁冗、須看女婿近乘龍（旦唱）只怕良緣總是空、

簷番珠箔晝沉沉　病在蛛絲半在琴
但使應時常得見　果然勝似百陽金

說夢傳夢[illegible]

第十三齣　途窮

生上

【杏花天】（生唱）客途景色恁蕭騷拂征衣綠柳番條望陽臺似隔層霄那夢兒何時重到

（生云）綠楊花撲一溪烟早是傷春夢雨天一度相思一惆悵客心何事轉凄然小生前日再到渭塘尋訪那女子不想被人撥賺了閙他又移居村落無處訪問只得勉強起試一路行來好生思想如今行到此間客費已盡前日李兄與我三封書一封送齊東杜老先生說他慕我才名意欲延我爲西席一封送平陰劉宣尉李兄有人夫銀百兩寄在彼處叫我到彼取用一封與傅平范老夫人他是女流李兄叫我去其中必有緣故且到齊東見了杜老先生再作區處（做行科）

【小桃紅】我想着百花深處邂逅春嬌夢兒裡一點花星照也省識春風面相偎楊柳腰忙驚覺便相抛待覓箇燕鶯期鳳鸞交

不得功名怎了

鴛鴦侶再見閨中少也又誰知路阻藍橋我若得功名要娶那女子就容易了若問洞房期金榜上姓名標

〔生云〕此間已是齊東縣了待我問杜老先生家在何處〔問內問科〕借問一聲杜平章家住在那里〔內云〕前面就是〔生轉科〕此間已是他門首爲何掛孝在此裡面有人麼〔雜上云〕人歸九泉下門停長者車相公何來敢是來吊我老爺的〔生云〕我是金陵王彥玉有李西臺書在此特來訪你老爺〔雜云〕老爺久慕相公才名渴欲一見爭奈已不在了〔生云〕有這等事〔雜云〕相公請裡面坐〔生云〕你老爺既已不在我不進去了〔雜云〕泉臺人寂寞客去何暮忙〔下〕〔生云〕我行了許多路來到此間

誰想他又死了

我再到平陰去

〔下山虎〕〔生唱〕風塵奔走道路迢遙怎禁得攬轡春風裏凄凄的夕陽古道那知他箕尾先歸我星軺枉勞似燕到春幾失舊巢此間已是

又空

何信夢之極

極處逢生

又空

當權的要

弄一秀才

何難輦眞

平陰地方前面就劉宣尉衙門爲何無人在此（内問云）劉老爺可在家麼（内云）出征去了（生云）幾時回來（内云）多只一年少只半年纔回（生云）是我來差了如何又不在家

形影還相弔做陌路依人無所靠

如今盤費已盡教我進退兩難我想如此命蹇那功名不要說起怕那姻緣多不得成就難道那夢兒空做一番

回首程途渺阻隔鵲橋腸斷修容爲玉蕭

（丑上云）滿目青蕪遍人家本自稀不須騎馬問客路轉凄凄自家與王彥玉相約同往京師一路等他怎麼還不見到前面走的好像小王（做相見科）（丑云）小弟等待已久爲何來遲（生云）沿途阻滯因此來遲（丑云）且到店中酒飯去（做進店科）（丑云）店主人有麼（末上云）主人時釀酒過客暫停車相公請裡面坐（生丑做坐科）（末云）相公莫非到京應試的（生云）正是（末云）相公還不知道撒里承相聽了輦眞國師的言語奏過朝廷把科試停罷了（生云）恐怕不眞（末云）小店有朝報在此（丑云）借來一看（末做拿本生丑看科）中書省撒里帖木兒一本爲選法壅滯乞詔罷科舉事奉聖旨是（生云）這等如何是

邦尚停了一場科舉亦拙矣

窮酸使氣

好（丑云）我們且吃了酒再商量店主人拿酒來（末云）酒在此正是無數烟波客俱因名利來（下）（生丑對飲科）（丑云）王兄你去見李老先生相待如何

山麻客（生唱）那日買吳門棹受多少古渡寒烟野店蕭條（李兄與我三封書一封送齊東平章杜老先生一封送劉宣尉誰想到那里杜老先生死了劉宣尉出征去了一封送博平范老夫人我尚未去）無聊做了踏空枝無棲飛鳥（行到此處科試又停罷了）好教我太玄空草子虛空賦獻璞徒勞

五韻美（丑唱）過多艱休悲悼你胸中自有東序寶料儒冠豈肯悮人老（生怒出袖中書做失個環丑拾環科）（生扯兩書科唱）把雲箋碎了再不做傳書青鳥（丑云）范老夫人書且未曾扯碎待我拆開一看（丑做奪書看科丑云）原來為你的婚姻叫你去就親這是美事不要扯碎

叫快快人○○○○

了這是鸞凰牒麟鳳膠你早去賦咏關雎好逑窈窕

〔生云〕若說婚姻事小弟一發不去了〔丑云〕怎麼不去〔生云〕小弟前日行到渭塘有一奇異〔丑云〕願聞

鸞牌令〔生〕唱停桂楫踏春郊見一座花園問得就是顧仲瑛家的小生到他園內遊玩遇着一個女子果然姿容絕世見幼女體妖嬈花間偷覷着魂欲斷眼相招誰想回到舟中夜間就夢到那女子房中與他相會分明赴雲期雨約親受用玉軟香嬌夢中那女子要我做詩一首他把紫金碧甸環贈我我把水晶雙魚佩荅他醒來時節詩也記得我的雙魚佩失去了甸環到在我身邊〔丑云〕有這等奇事〔生云〕我思此夢定非偶然指望向東鄰覓舊交又何心別去尋咏桃夭

〔丑云〕夢中的佳作小弟願聞〔生念前詩丑暗記〕〔丑云〕妙詩妙詩碧甸環借小弟一看〔生袖中尋環不見慌云〕這甸環如何

不見了〔又尋科〕這環兒是個會親的符牒不知遺失在何處了〔丑云〕一定失在路上

五般宜〔生唱〕他是琴臺綠綺把文君暗挑他是江皋遺佩把仙姬暗招緣何遺失在荒郊到做了平津觔去驀然縹緲我指望拿這個環去尋那女子如今一些些巴臂也沒了豈不苦楚人也莫不是孤鸞運到莫不是三星未照好一似少婦哭遺簪反教人增懊惱

江頭送別〔丑唱〕桑間約桑間約是夢覓潦倒婚姻事婚姻事似水中虛泡衛郎玉潤年方少應自有樂廣相招

江神子〔生唱〕我是襄王漫下稍空想着雨暮雲朝轉添旅況煎熬孤燈和影照寂寥教人轉傷懷抱

王生失環　太呆張兒　白竊書太狠然呆人　愛近狠人　每為狠人所弄

誠然誠然

（丑云）夜深了請睡罷（生做睡科）（丑云）我只指望科場用小王兩篇文字因此奉承他如今科舉停罷文字沒用處了奉承他何用那個環我拾得在此（看環云）他夢中做的詩我也記得了待我回到渭塘把個環做個引頭兒央媒去說親儻得成事這條標致女子豈不受用一世把范夫人的書也拿了去若是那邊不着手拿了這一封書到傅平范老夫人處遞投假充做小王去騙他親事有何不可我就此收拾先回去問內云店主人天色將明我先要去趕路房錢酒錢都是裡面相公美還你

內云知道了

【尾】（丑唱）小王你眠思夢想如花貌這機關有誰知道我想小王盤費用盡如何回去得只怕困守窮途歸路杳

（丑云）小王不是我反面無情正是翻手作雲覆手兩紛紛世態都如此（下）（生醒云）張兄張兄他那里去了（問內云）店主人張相公那里去了（內應云）他先去了（生云）他竟是丟我先自去了我欲待回到渭塘客囊費盡如何去得好妻楚人也

〔醉扶歸〕生唱 新豐困阨歸期杳天台阻絕旅魂搖不愁床頭金盡困英豪只怕仙宮花老迷雲嶠眞個是天涯涕淚一身遙怕琴臺有路終難到

〔生云〕我如今盤費已無只得在店中暫住再作區處

望日初生憶故林　瑤臺無路可追尋

人情若比初相識　到底終無怨恨心

離久要不能就離婚姻此等朋友車載斗量

第十四齣　詭說　〔淨扮媒婆上〕

尋窮寇逢氷
人指引前村
王廷策寫

普賢歌〔淨唱〕媒婆貌比觀世音箇箇來拖處處尋東家纔割襟西家講聘金只有顧小姐的親事這樣冰人難得甚

〔淨云〕前日顧小姐夢見一書生與他房中相會小姐思想成病如今十分沉重顧相公央我去尋那夢中相會的書生但有了甸環記得夢中詩句不拘遠近貧富就把小姐嫁他我到好笑那小姐真是見鬼那夢裡書生不知他姓張姓李那州那縣居住教我那裡去尋我若做了這樣媒二十個和尚也養我不活如今到他家回覆一聲千萬作成了別箇〔丑上〕

前腔〔丑唱〕一生拐騙過光陰、鬼魅形骸蛇蝎心、全憑巧計溷何須要禮金、小王小王我騙了妻兒悶殺恁、

〔丑云〕我前拾得小玉的碧甸環如今來到渭塘央人到顧家去說親前面來的好似一個媒婆待我問他一聲〔見科〕〔丑云〕媽媽你敢是官媒麼〔淨云〕便是相公你敢是要討媳婦要討小阿媽〔丑云〕俱不是你且到我船上與你講話〔做上船科〕〔丑

一幅惡朋友行樂

連姓名亦騙去

云此處有個顧仲瑛相公麼（淨云）有（丑云）他家有小姐麼（淨云）相公你問他怎麼（丑云）我要央你去說親（淨云）那小姐親事甚是煩難只要紫金碧甸環做聘禮便肯若無此物一世也不成（丑出環科）（丑云）我到有一件在此（淨云）這件東西那里來的（丑云）我前在此經過到他園中遊玩偶然遇見他家小姐兩下留情到晚便夢與那小姐如此如此他要我做詩一首他與我這碧甸環我與他水晶雙魚佩這樣奇事豈不是天生的一段姻緣因此特來求親煩媽媽與我做箇媒兒我重重相謝（淨云）你好造化來得恰好那小姐做的夢兒與你一樣他因此思量成病十分沉重老相公央我尋這夢中相會的人兒（丑云）小生便是並不是假冒的（淨云）顧老相公原說不要聘禮只要碧甸環與夢中的詩不拘遠近貧富就許他（丑云）詩我記得在此（念前詩科）（淨云）我不記得你拿筆硯來寫了待我拿去一說就成謝媒錢要二十兩（丑云）這個不多（寫詩科）（淨云）相公你姓甚麼那里人氏（丑云）我姓王名奇俊金陵人氏媽媽我到園中正是初春時節

【風入園林】（丑唱）名花爛熳滿園林見幼女掩映花陰見他之後回到舟中夢

魂忽到珊瑚枕投瓊佩雙懸衣袵特到此覓佳音好爲我結同心

前腔（淨云）那小姐呵　春來鬼病苦相侵盼佳期信息沉沉終朝淚濕芙蓉錦怎知伊夢同衾枕　那老相公呵　終日裡望君臨看指日結同心

（淨云）你這甸環與我拿去我就去說（丑云）明日是黄道吉日我就要做親（淨云）貴寓在何處（丑云）就在舟中成親到了金陵再結花燭（淨云）我說了來回覆（丑云）在此專等正是眼望旌捷旗耳聽好消息（丑下）（淨云）有這等異事真個踏破鐵鞋無覓處得來全不費工夫此間已是他園門首閉門在此待我叩門（叩拜）顙老相公在家麽（外上云）病淚常閉戶愁絕懶迎人是那一個開門見科（外云）原來是張媽媽（淨云）老相公小姐病體何如（外云）十分沉重媽媽親事如何（淨云）親事到有些信息只是遠些（外云）我只要成了這親事救我女兒性命原說不拘遠近（淨云）是金陵一位相公（外云）金陵也不甚

遠他姓甚麼（淨云）姓王名奇俊說來夢兒與小姐的夢一些些也不差（甸環）在此夢中的詩也在此（外云）有這等異夢豈非生成的一段姻緣這生我久聞他的才名只不知他多少年紀（淨云）只有二十多歲生得齊整只是明日就要在舟中成親娶到金陵再結花燭（外云）這也使得明日我親自送小姐去待我吁小姐出來與他說知女孩兒那里（旦做病上科）

【掛真兒】（旦唱）瘦損纖腰寬帶錦倚孤幃獨擁寒衾空佩雙魚愁看紅句奈懨懨病兒較甚

（見科）（外云）孩兒張媽媽在此（淨云）小姐恭喜那夢裡書生尋着了（旦做不語科）（淨云）是金陵一位相公姓王名奇俊他在此經過偶到園中見了小姐回到舟中夜間夢見小姐與小姐的夢兒一些些也不差

【瑣寒窓】（旦唱）聽伊言我淚洒羅襟只道雲鎖蓬萊沒路尋（淨云）這是詩他親筆寫的（旦唱）霞箋佳句几上題吟（淨云）這是（甸環）（旦唱）雙環寶色燈前投慾

（題）夢說字跡如何騙去世有能文而不能書能書而不能文處甚容看起來都不該有老婆

〔看詩科〕媽媽詩句雖同字跡各別敢怕不是此人〔淨云〕你又來多心前日是夢裡寫的這是日裡寫的自然不同〔旦唱〕

這彩筆徵疑須審傷心春彩覓纔病難禁又怕錯撫瑤琴

〔前腔〕〔外唱〕孩兒莫猜疑不必沉吟〔旦〕甸環原是我家之物又有了詩兒一定是他了輻湊天緣喜不禁我明日親送你去成親看三星高照休教病侵銀河早渡何須顛簪明日施衿結錦〔淨唱〕寬心相逢果勝岳陽金遣好合似鼓瑤琴

〔淨云〕老身告同明日再來送小姐過去〔外云〕有勞了

佳人自折一枝紅　心有靈犀一點通

有緣千里能相會　無緣對面不相逢

只恐騙不上手

聽心齋雁影鬼神花月鑒本

第十五齣　錯配〔丑儒衣上〕

行香子前〔丑唱〕淑女嬌柔錦帳裏由笑他們怎識機謀

〔丑云〕人有所願天必從之我小張拾了碧甸環來尋訪那女子也是姻緣湊巧他父親因他染病正要尋訪夢中見的書生完此親事誰想一說便成今日他父親親自送女兒到我舟中成親這樣標致女子被我一騙就騙上手等得小王來時我也受用過了好快活好快活吁小使快排花燭迎接新人〔雜應科外旦淨同上〕

行香子後〔外唱〕良緣奇湊會合鸞儔〔旦唱〕寶扇香綢催粧罷半含羞

〔丑出迎外旦淨進科旦看丑科丑請拜花燭旦不肯科旦云父親不好了園中相見夢裡相會的不是此人怎生是好悲科外驚云有這等異事〔丑云外娘子你記差了怎麼不是小生

好個才郎

好事近（旦）前日那生呵花底偶同遊他端儼俊雅風流燈前幽夢許多歡欵温柔（丑云）小生也不俗詩還記得在此念詩科（旦唱）堪愁我道是百年佳偶錯拈就一段綢繆（丑云）娘子你到此處是不是須是我的家人了（旦唱）胡說自思雙環虐謬飛來烏鵲休想強占枝頭

錦纏道（外唱）事堪羞非是把明珠暗投錯認舊鴛儔道良緣天成秦晉怎翻做楚越相仇親事已成孩兒也沒柰何了這姻親却難罷手莫非你夢中差謬（丑唱）分明夢裏兩相酬子都何處遇狂且轉展愁鵲橋羞自儁說甚麼織女會牽牛

節節高（丑唱）華堂喜氣綢莫閑愁才郎應配閨中秀雙星湊兩意

形喻勢絕似學覇

投三生偶雙雙夫婦今朝成就歡娛漫自生僝僽（淨唱）莫道名花錯付君生來原是攀花手

【漁家燈】（旦唱）前日裡夢煖銀鈎今日裡雨折春朶止爲着女貌男姿難道把花容輕售（丑云吉時過了快拜花燭）（淨云且從容些）（旦唱）今生沒路尋婚媾只索與洛神爲偶心憂雙環謹收待來世重尋鳳偶

（丑怒科）不怕你不是我家人終不然飛上天去了做耍扯旦淨勸丑科（外云）不要性急待老夫慢慢勸他

【尾】（丑唱）檻猿籠鳥難尋偶誰知佳夢反生憂（淨外俱勸丑科旦唱）把一段相思赴水流

（旦投水科）淨丑慌科快些撈救（淨云）小姐下水就不見了（外云）孩兒孩兒豈不痛殺我也（倒科）（淨云）老相公甦醒（外醒科）

有這樣人心肝都寫出

月兒高（外唱）你婚姻虛謬明珠悔輕售你青鬢將身喪我白髮安
能久一旦輕生不念我身無後我撇不下將雛鳳尋不着文鴛
偶做了陌上飛花落樹頭海底沉針逐水流
（外云）你那光棍甸環那裡來的（丑云）是你女兒夢中與我的（外云）還要胡講
前腔（外唱）你暗藏機彀我差認佳偶（丑云）你自差了與我何干（外唱）斷送了紅顏
女誰念我形衰朽（丑云）你女兒既死還我聘禮（外唱）咗強自支離六斛珠有誰受
你逼我女孩兒死得好苦怎能彀重相見（丑云）你要見不難請下去便是（外唱）怎能彀終相
守縹緲龍宮何處求零落香魂何處收
（外云）我明日去告你（丑云）你去告我不怕（外云）丑是歸家不敢高聲哭只恐傍聞也斷腸（下）（丑云）他要去告我我如今鳥

碰論

飛鬼走待他到金陵來拿王奇俊、與小張何干、且拿了李西臺的書到博平縣、騙那范夫人去、正是東邊不着西邊、一定着手

小張眞是好漢　一生專靠拐騙
從來不怕官司　只恐上天來筭

滿腹奸詐一動便動此兇態之經

第十六齣　回春　淨扮漁婆搖船上

山歌 淨唱 漁船上婦女最妖精、蓬上撑船蓬下亨、漆柱黑個腿膀、簸箕大箇屁臀、尺二長箇小脚、丈二長箇布裩夜裡摟着子漁翁、痴痴箇困、强如俊俏嬌娘想後生、

淨向內看科 水而上退來的是甚麼東西是婦人家阿公快
來 丑扮漁人上 云 來了來了 淨云 水而上退來的是箇婦人
快救他起來若是死的剝了他的衣服若是活的救醒來賣
幾貫錢鈔用一用快救起來 丑做進內背旦上科 救起來原
來還有氣哩快拿乾衣服與他換了好個標致女子、阿嫣載
他到遠州遠府去賣做粉頭到有一主大錢、好造化好造化
旦做醒低唱科

楚江情 旦唱 沉沉氣漸醒○芳心顫兢○怎知死裡還更生○伶仃弱體
嬌不勝也容消香褪○釵橫鈿傾○蓬牕獨倚○覓甯驚○將玉瘞幽
冥○肯教錯照雙鸞鏡○初心怎變更○初心怎變更○浮生一擲輕拚
斷送波千頃○

北金字經 丑淨 拚斷送波千頃你香軀已再生斜倚蓬窓弱體逢

恁弱體輕似芙蓉波底明爲甚麽輕身命且休將淚雨零休將淚雨零

（旦云）漁翁我家住在渭塘你送我到家中去重重謝你（丑云）今日風不順去不得等了風順我送你回去

楚江情（旦唱）陽臺夢乍醒無端病增芙蓉枕怯珠淚傾怎禁多病遇往生也絲蘿差倚鴛盟悔輕凄凉絳燭搖畫屏怕他將玉杵邀盟怎教環佩分雙影我想父親在家裡好生痛苦漁翁快些搖我到家中多謝你些銀子（丑云）今日去不得

（旦唱）嚴親兩鬢星憑誰奉暮齡我遙望着吳雲影

北金字經（丑淨）遙望着吳雲影待趂長風五兩輕如此風濤不可行風濤不可行舟依翠荇明暫泊平沙境且寬心莫悶增且寬

斷送波千頃
香軀已再生
蔡沖寰筆

心莫悶增

（旦云）如今好開船了（丑低語科）阿媽

快搖到外州外府去好尋人土四貝

膩紅愁綠靜中潑　露挹霜欺不受侵

好似和針吞却線　刺人腸肚繫人心

紅顏命薄字爲馬再土四貝也

第十七齣　許告

（淨服蟒衣衆隨上）

（南點絳唇前）（淨唱）遍宛娉婷夜偎嬌倩潛心逞假裝威猛漫說出家行徑

（淨云）我做和尚好笑專愛風流俊俏擾得國事亂紛紛弄得君王顛倒選來女子便濫見了錢鈔便要不是小僧性毒原是

爲和尚悞又在和尚處告狀何也

佛門宗教下官案臨平江路地方童女俱已選到今日告狀日叫左右把放告牌出去凡有告婚姻事的俱放他進來（外做上告狀科）

【點絳唇後】（外唱）愛女淪亡設騙由衷覓他負冤難瞑早向公庭証（衆報外進科）（外云）老爺告狀（淨云）接狀上來（衆接上淨看科）（淨云）告狀人顧仲瑛告爲強婚迫殺事你那告人

【賞宮花】（淨唱）婚姻事不輕却緣何強逼凌媒妁先傳信方可訂姻盟你莫非掯勒他財禮麼你但要明珠傾幾斛不思美玉種先成（外云）老爺犯人有一女兒夢與一書生相會夢中我女兒贈他紫金碧甸環一枚那書生贈我女兒水晶雙魚佩離來不見了甸環只見這雙魚佩我女兒因此成病有一個光棍叫做王奇俊通同媒婆張氏假造一個甸環拿來爲聘強迫成婚我女兒不願從他他百般威迫我女兒只得投水死了（淨云）你女兒怎麼就死了

情恨難消

太平歌（外唱）因幽夢遍處覓書生誰知陰謀先計定金環僞造來搆聘把好姻緣都做溪溪淨（我那女兒呵）貞操潔白似冰清因此甘喪在幽冥

（淨云）那王奇俊是那里人（外云）是金陵人（淨云）這等是個秀才了（外云）正是

賞宮花（淨唱）他名列儒生怎秉機强娉婷（我知道了）恃青衿勢因此敢欺凌（那王奇俊）不畏朝廷三尺法但貪上死一花明

（淨云）叫左右快拿王奇俊與媒婆張氏來聽審（衆應下）（淨云）你那老兒不要誣告了

太平歌（外唱）非欺誑豈敢自干刑（那王奇俊）强迫成婚情太橫（我那女兒呵）冥途責屈誰相証高臺專望懸明鏡一言折獄是非明他在水

王生當恨和尚和尚倒恨王生

府似超生

〔衆上云〕禀老爺那王奇俊與張氏俱逃走了〔淨云〕快到金陵去拿來他若不在金陵我與你廣緝信牌隨處去拿再把榜文各處張掛如有容留不舉者與犯人一體治罪〔衆應科〕〔淨云〕顧仲瑛發放寧家俟拿到王奇俊再來聽審〔外云〕正是縱使人心似鐵難逃官法如爐〔下〕〔淨吊場云〕那王奇俊當初不肯跪我反來挺撞我一番誰知今日也犯在我手中待我拿他來重重問一罪名方出得我前日的惡氣分付左右那王奇俊一定要拿到的若拿得來我重重有賞

正是 計就月中擒玉兔　謀成日裏捉金烏

以春怀陶之如當年出遊如夢

第十八齣　携紅

〔外小生扮樂戶上〕

〔光光乍〕過長堤到花溪舟中有女貌希奇要他來作平康妓方

纔是我遭逼時

〔小生〕我們樂戶的便是〔外云〕昨日有人來說漁船上有個貨兒十分標致我要討來作粉頭老兒你曾看見那女子麼〔小生〕我昨日見他在船艙裡果然標致那漁翁要五百貫足錢哩〔外云〕這也不多我們去叫那漁翁到岸上來與他講〔小生叫云〕漁翁有人尋你買魚可到岸上來〔丑上云〕來了來了蓼花溪畔宿衰草岸邊行〔見介〕〔小生云〕前日那貨兒此位官人要討他〔丑云〕我要五百貫足錢水錢一些也不管〔外云〕四百貫罷〔丑云〕一定要五百貫〔外云〕好五百貫錢在此你可叫他上岸來〔丑云〕小娘子你上岸來我與你說話〔旦上科〕

〔鵲橋仙〕琉璃浮碧平沙鋪翠常伴離人憔悴蓬窗慵倚憶佳期被一片秋聲催起

漁翁你叫我上岸來做甚麼〔丑云〕我實不瞞你說我前日救了你的性命那討飯來養你這兩位官人在此我把你土四

貝了[旦云]甚麽叫做土四貝[小生云]他把你賣與我們了[旦云]二位是甚麽人討我去何用[外云]我們是門戶人家討你去好處的[旦云]漁翁你不送我回去反把我賣在樂戶人家眞好苦楚人也[旦一作悲][丑云]怎的

【小措大】[旦唱]形孤影隻寸腸悲慟淚沾衣操比栢舟之死無移怎敎我若爲容隔在烟花地拚將瓊玉搥碎[衆云]你要死也死不得了快隨我們去罷[旦唱]似飄泊浮萍無所倚心自知我是出水芙蓉不染泥幽香不許蜂蝶戲錯認隨風柳絮斜飛

【不是路】[丑唱]枉自傷悲我萬丈波中救你回非容易[旦云]你送我回去我重重謝你[丑唱]落花休想上新枝好痴迷[衆唱]排成錦陣難逃避[外]快跟我們去[旦悲介]籠鳥何方插翅飛眞無計夢兒閃得人憔悴[衆唱]急忙前去

急性前腔
〔旦〕悲衆扯旦〔旦〕不肯
行介〔末帶淨騎馬上〕
〔前腔〕〔末唱〕策馬奔馳一路烟雲染客衣〔旦云〕好苦楚人也呵〔末唱〕真奇異陡見
佳人珠淚垂做下馬介事堪疑你這女子爲何在此啼哭〔旦云〕奴乃仕宦人家女子這些人強要賣我到
樂戶人家去奴家不從他們在此強逼因此啼哭望公公救取則個〔末唱〕他羞蛾愁鎖容顏悴體
態從容佩閣儀愁千縷〔丑云〕客官這女子我在水中救他起來的沒飯養他如今賣些錢來使用你不
要管這閒事〔做推末科〕〔淨云〕這是吳學士老爺休得無理哩
〔末云〕買良爲娼律有明條如何賣得他你賣他多少錢〔丑云〕
五百貫〔末云〕也罷我償你五百貫錢把這女子賣與我去〔丑
云〕我只要錢〔外小生扯丑介〕〔末云〕院子奚囊中取錢五百貫
與他〔淨做交錢科〕〔末唱〕青蚨幾貫酧伊費你這一干人快走若再不去我呼地方拿[illegible]該官司罪

訓不輕

哩（衆唱）疾忙歸去疾忙歸去（下）

（末云）這女子你是甚樣人家爲何被騙到此處（旦云）大人聽稟

【長拍】（旦唱）長在青閨長在青閨花迷幽夢鴛帳偶成佳配（末云）怎麼說起

夢（旦云）奴家姓顧名雲容家住渭塘父親叫做顧仲瑛欲聘不仕奴家偶到園中遇見一個書生到夜來便與那生相會夢中奴家把紫金碧甸環贈他他把水晶雙魚佩答我到醒來時不見了甸環只見雙魚佩在奴家身邊（末云）有這等異事（旦云）奴家情願守着夢兒終身不嫁不意思想成病父親問出眞情央媒尋訪此生與奴家完此姻事（末）曾訪見此生麼（旦云）不意忽有一人拿了這甸環央媒來議親見了甸環便應允了成親之時奴家認得此人不是園中相見的書生不願從他被他强迫因而投水（末云）有這等貞烈的女子（旦唱）春生珊枕那夢兒怎忍拋離驀地遇狂且要强占鶯花市點汚羅綺因此向遠渚寒波沉翡

佳句

滿○珠○再○還○

○翠拚洛浦伴甄妃（末云）想那漁人在水中救你起來他就要賣你了（旦唱）正是忽地再回人世望家鄉杳渺魄散魂飛（末云）此處到滑塘甚遠從你回去不便我傳平縣有個范老夫人待人甚好我從你到他家做個義女你意下何如（旦云）多謝大人

短拍（末唱）玉谷離鸞玉谷離鸞孤飛遠地望雲山樹色迷離那范老夫人有一個小姐甚是貞靜你是閬苑謫仙姬須伴着絳宮佳麗（旦唱）我不得碧梧棲老做鶼鶼暫借一枝棲

尾（末唱）匆匆的逢高髻引入花宮伴翠微（旦云）只是我到他家那夢中人兒再不得相遇了怕紫陽宮遠雁書稀

此身飄泊苦西東　隴首斜飛避弋鴻
今日得君提掇起　免教人在污泥中

夢中說夢中生死竟是夢能夢

異夢記卷之上　終

極和。極真。

異夢記卷之下

古閩徐肅頴敷莊刪潤

雲間眉公陳繼儒批評

潭陽蕭儆韋鳴盛校閱

第十九齣　被擒

（雜小生扮公差上）

奉法朝朝樂欺公日日憂我們是輦真國師差往緝拿王奇俊的（雜云）夥計我們到金陵去拿他地方人說他往京中去未回想他只在這條路上回來我們追上去（小生云）哥國師的限期好生嚴緊你可認得他麼（雜云）我前日在金陵時節會見他生得標致（小生云）這等快趕上去正是由他走上燄摩天脚下騰雲須趕上（下）

（生上）故園何處是零落在湖東復此悲行役蕭蕭逐轉蓬自家因盤費用盡暫居店中思想那女子好生放他不下如今解下青袍還了房錢酒價再到渭塘去訪他或者有相遇日子也未可知店主人在家麼（內云）出外去了（生云）今日我要

中了房錢也有。還不疑是好朋友竊去。倫諸醜。

起身回去把這件青袍還你房錢酒價可笑明白（內云）相公不消笑得便少些些也罷了（生云）可收了青袍進去（解衣內收科）（生云）小生出得店來囊空如洗怎生捱得到渭塘好傷感也呵

【北越調】【鬭鵪鶉】（生唱）則俺想着嬌姿恨不得身生兩翅乾鱉鱉沒巴臂的相思急攘攘打不下海深情字愁腸萬縷絲好夢須臾事可惜沒了碧甸環到那裡一些些指實也沒了怎生是好（夢話趣）難道把熱情兒做灰冷死了落得孤另了漢苑相如惱亂了蘇州刺史。

（生云）前面有一朋友來了（丑云）走馬風塵色千峰向暮時鄉心不可問步步戀南枝自那女子死了脫得身來再到平陰范夫人處投遞李西臺的書騙他箇老婆我想人是假的書是真的怕他不信前面來的好像小王怎麼這樣很很待我避了面走過去（丑做避走科）（生云）張兄那裡去（丑云）失瞻失瞻（見科）（丑云）小弟有一要緊事往山東路去不得奉陪（丑走

文字不抄了如何有錢

要文字日義字就煮得穿得用得不要文字了得非狡兎死走狗烹乎此亦有爲而發一笑

生扯科（生云）張兄我要回金陵去你有盤費借我幾貫（丑云）你這人好不知事體你也在路中我也在路中那有盤費借你免開尊口（生云）你前說到京的使用都是你的前日店中竟撇了我回去今日又說沒錢借我豈是朋友的道理（丑云）前日你到京中我也到京中順便帶你去如今你回到金陵怎麼也要我的盤費好沒趣了

【紫花兒序】（生唱）恁冷語兒當前刺熱腸兒量來無半絲一霎時變了言詞怕用得盡的幾貫青蚨使不完的透這些義字（丑云）義字煮不得穿不得用不得要他何用我實對你說前日只爲場屋中要你幾篇文字因此奉承你如今科舉也停罷了你的文字也沒處用了我與你不是朋友了小王你止做得幾句歪文如今你雲梯都斫斷了

【前腔】（生唱）恁道劃可可斷折雲梯則未也終如此却不餓殺窓螢撚斷吟髭俺止信着天地無私

只把勢力論
英雄不把文章
較高崇

確論。書生口氣。

丑云小王如今人只有錦上添花那里有雪中送炭你有興時人品也是好的話兒也是靈的你如今這等落莫則有奚落你的那里有錢來借你你想休想生云難道我再無富貴時了丑云待你富貴時節（眞話）我又來與你相好

【柳營曲】生唱俺有鷗鵬翼玄豹姿有日價奮冥池騰雲翅這時翻轉了惡面皮掐相知把青松再指那些是朋友先施卻不道蘇季子未逢時

丑云請了相逢不下馬各自遂前程下生云他竟自去了玉生今日方纔看破這世態者

不由你不看破。

【么篇】生唱把勢利場論了雄雌卻不把文章價較此青紫遇時的既道是手能視又道是眼能言沒甚差池誰敢與辨涇渭未遇的風波平地齊齊指世道交如趨市落可也謹閉門兒不用

字字是世態鐘。

是（這也不在俺話下）則俺自有走不盡一層層巫山路禱不了活現現

海神祠只這些未償緣禁不住心窩暗刺

（生云）怎麼有一榜文在此待我看來（讀科）國師輦眞示照得告人顧仲瑛告稱王奇俊用紫金碧甸環爲聘強娶顧雲容爲妻因而致死等因王奇俊在逃無獲仰地方人等各處挨查不許容隱（生驚科）是何人拾了碧甸環假我名姓騙那女子如今要拿我或是輦眞那妖僧恨我點辱了他假揑造一段情由來拿我也未可知我若到渭塘一定被他拿也要到京中又無路費如今進退兩難怎生是好

可憐可憐

【小沙門】（生唱）這辟厢屈招了青衿秀士那辟厢活埋了紅粉丰姿難道是冤家路窄終相噬（則是這段姻緣如今則索休了）俺指望牽着紅絲怎知道折開了連枝

禍從天降

供狀紙自然糊塗彰呵王生何腐

生做遲疑科（雜小生上云）只爲一箇酸俫走得脚上生癩（襍云）那箇秀才到像王奇俊待我走上去（見生科）王相公拜揖（生云）兄長何來不曾識面（雜云）我到認得相公（小生云）我們奉着國師鈞牌特來拿你（生云）拿我怎麽（雜云）有牌在此你看這不是你的名字麽（生云）我一向在外那里曉得甚麽顧雲容敢是與我同名的莫非差了（雜云）差不差你自去國師處辨（小生縛生科）（雜云）他是斯文人不要羅唣王相公我們來路遠了有銀子拿些來與我做盤費一路好好伏事待你去（生云）我出外已久盤費使盡那得銀子與你們（小生云）這等縛起來（縛生科）

【聖藥王】（生唱）則恁也佻無半絲則俺也囊無厚貲平白地把咱名字揞支拏兒折了高岡鳳枝遊絲兒縛了天池鵬翅天羅地網無因至你如今拿我到那裡去（雜云）拿你到平江路去見國師（生唱）俺到做無贓賊難道糊塗彰響爲一張供狀紙

（生云）既要拿我去須説明白（雜云）渭塘顧仲瑛有箇小姐你把紫金碧甸環造一箇假夢强娶他爲妻那小姐不從你强迫他投水死了他父親告你在國師處因此來拿你（生云）有這等屈事我到彼處自然辨明只是可惜那小姐死了豈不痛殺

我也

【尾】（生唱）藍橋水有阻斷時謝家花有斫折時活活的驚醒那夢兒生生的嚇殺了秦樓上的蕭史（雜拿生下）（小生）

主情生而倫焉于是每樓書為三嘆息

第二十齣　投環

（末帶旦雜衆上）

【纏纏金】（末唱）秋風緊路途難趕馬行將暮夕陽寒（旦唱）一路縈牽念

生機甚巧

離愁無限（末云）天色已晚可尋一箇店中安歇（雜云）曉得（旦）唱遙看斜月滿空山雙照淚痕乾（又）

（雜云）此處却有箇客店請老爺任馬主人那里（丑上云）廣招天下客安歇四方人（雜云）學士吳老爺家眷後房安歇老爺要潔淨上房（丑云）請進去（末送旦）到後房雜鎖科（末雜下）（旦吊塲）雜小生鎖生上

前腔（生）唱遭羅網遇閒關西風正蕭颯動哀顏愁入雲峰裏徒然悲嘆連枝已折不能攀哭得淚將乾（又）

（雜云）天色已晚我們且到店中安歇明日早行店主人那里（丑云）公差何來（雜云）我們要幽僻的房兒安歇（丑云）此間是吳學士老爺的家眷只有這間空的間壁就是吳爺家眷不要高聲（雜云）曉得小王我們一路辛苦儻然睡熟作逃走了何處尋你待我把你鎖在此處（做鎖生科）（生云）放寬些（小生云）放寬些你到自在

慘然　又是[illegible]

【尾犯序】（旦唱）提起淚闌干夢裡團圓似浪萍分散只爲着有鵲巢鳩奪我似孤鴻影寒悽惋顧不得脂殘粉剩顧不得釵橫鬢嚲誰憐我孤燈旅店獨對影翛翛

【前腔】（生唱）無端途路遇多艱平地風波將我羈絆我只爲兒女情濃到使我英雄氣闌（旦云）那邊房內是甚麼人啼哭此間有一壁縫待我張一張看（做看科）此人好生面熟（又看科）此人正是園中相遇的書生爲何鎖杻在此好苦也（生唱）堪嘆我只慮着珠沉洛浦不慮着鵬飛碧漢（旦云）看他這般受苦可憐（做跌足哭科）（生唱）愁聽那寒蛩悽切空使淚潸潸

【前腔】（旦唱）猛見舊時顏逼得愁腸萬般悲惋只閒着一壁瀟瀟似

俗用文且不得體　關目好　可憐二字不際　句有深情

隔着千重楚山偷看不能把愁衷訴說只落得秋波顧盼思量起盈盈一水濡袖淚斑斑

【前腔】（生唱）玉漏已將殘（那房中說是吳學士家眷為何如此啼哭）他思歸悲秋我是貧屈號嘆（旦云他怎生知道奴家在此待我把箇環投過去看他如何做投環生見環驚科生云這環是那小姐夢中與我的我失在店中那房中是吳學士宅眷為何投此環過來古怪可惜物在人亡見了此環轉添愁苦做哭科旦云他見了此環啼哭起來可憐旦悲科生唱）猛然投擲奇環好一似秦廷璧還（待我起來張看是甚麼女子做欲起起不得科被他鎖住了起來不得旦云你看他要起來又被鎖住了好苦呵生）偷眼只見銀缸咫尺（又欲起起不得科）好一似連雲峻棧（想那邊宅眷投環與我其中必有緣故怎生問箇明白）聽他每嬌啼宛轉愁苦一般般

〔徠〕小生做起科〔上〕〔徠云〕天將明了快起來趕路〔放生起科〕快走〔生云〕我欲等待天明看是何等女子又被他催迫起身

哭相思〔生唱〕這事狐疑心自絆腸欲斷忙催趲

〔生欲下又回看旁下〕〔雜上云〕小娘子快快起身老爺在外等候

前腔〔旦唱〕緩步臨行憑轉盼教我魂驚魄散〔下〕

此而不此適[illegible]之筆然

第二十一齣　義妬　〔老旦小旦上〕

絳都春〔老旦〕關山阻絕望音書寸心千里縈結孔雀銀屏和繡幙紅絲都枉設〔小旦〕秋朝初睡起腰肢怯聽嚦嚦離鴻哀咽半腔幽恨這愁悰都在丁香枝節

見科老旦云前日我侄兒說寫書叫王奇俊到來完女孩兒姻事一去許久杳無音信不知何故不來莫不是侄兒不曾見得此生也未可知小旦云母親不必憂慮老旦云院子你在門首伺候有王相公到來可急來通報末曰上

出隊子末唱程途跋涉旦唱顧影徘徊心自怯紅粧界破淚珠血實

釧珠環都暫撇一身陷泥塗蒙君救徹

末云小娘子此是范夫人門首我與你同進去雜通報老旦出見末旦科老旦云吳大人回來了末云老夫路上收得一箇落難女子回來此女子原是仕宦人家特送老夫人處望乞收錄小娘子過來見了老夫人旦見老旦科老旦云大人送來老身審問他明白一定收他末云這等老夫告辭了當權若不行方便如入寶山空手歸下老旦云這女子可隨我進來旦進科老旦云見了小姐旦小旦見科老旦云你這女子姓甚名誰那裡人氏爲何來到此間

鬧樊樓旦唱奴家呵華堂靜女懷貞潔奴家姓顧小字雲容父親叫做顧仲瑛棄官不仕家

中有一座花園奴家那日呵偶遊花下陡逢俊傑到夜來時帳冷芙蓉月

夢撰柯蟻穴（老旦云）夢裡却怎麼說（旦云）夜來夢見與書生相會奴家夢中要那生題詩一首奴家把紫金碧甸環

贈他他把水晶雙魚佩贈我醒將來不見了甸環只見詩與雙魚佩俱在奴家身傍（老旦云）有這等異夢（旦云）奴家因此

守着夢兒情願終身不嫁（旦唱）我思悠悠愁鬱淚班班啼血病懨懨玉肌瘦

怯父親見奴家病重遍訪此生要與奴家完就此姻事訪英豪把同心再結

【滴滴金】（老旦）高唐夢真奇絕你慘綠愁紅情太切這姻緣一似渡

中月怕相逢成楚越（小旦）他情迷夢蝶料孤凰怎肯別棲鳳穴只

恐天涯路別枉自終朝哽咽

【畫眉序】（旦唱）同心悔輕結道是前度劉郎再會合誰知桃源漁棹

問津差迭果有一人拿了匍環來議親父親一見了匍環便應允了到他舟中成親奴家認得不是園中相見的書生不願從他被他強迫奴家因此投下水去他強邀懽縫燭蘭房我拚輕赴水晶宮闕那時有個漁船救起奴家被他載到前路要賣與樂戶人家幸逢恩官相提挈免把香魂路途飄泊

【啄木兒】老旦你守貞操似氷潔婉約幽閑嬌更怯我待送你回去又恐途中有些差池若教你獨自奔馳又恐怕途路顛蹶我就收你做箇義女你與小女呵春生繡戶同居歇春裁綦錦同綵纈免得飄泊東西遭挫折（旦拜科）

【三段子】旦唱我瓊花早折遇陽春枝再接我萱堂早別遇慈顏恩再徹身甘婢妾怎敢違瓜瓞（旦背悲云）我在此間那書生再不得相見了嘆參商兩

○○○關目好

地信音絶空守着鴛盟鳳牒
（老旦云）你今年多少年紀（旦云）奴家一十八歲（老旦云）這等長我女孩兒一歲你兩個可結爲姊妹孩兒你過來拜了姐姐（旦云）奴家豈敢（小旦云）姐姐請受奴家一拜

鬪雙鷄（小旦）忙歛衽忙歛衽連枝並結喜相遇喜相遇柔腸更熱你翠袖休教沾血瓊總共笑偎把閒情暫撇（旦唱）教奴怎把愁顏破強爲懽悦

（老旦云）你夢中相會那生姓甚名誰（旦云）奴家不知他姓名（老旦云）那騙你之人姓甚麽（旦云）姓王名奇俊金陵人氏（老旦驚科背云）難道我侄兒所說的就是此生

下小樓（老旦背唱）嘆嗟他才名甚籍須將杏花攀丹桂折怎把閒花

浪採行僊努。若果是這生　豈是東床坦腹信與契結王謝

【耍鮑老】旦唱潑晨翠幄身寧帖念椿庭雙鬢雪關山路阻魚書絕

自沉吟心悲切雙鴛影滅從今夢斷秦樓月心字香空麩冰肌

瘦怯相思擔甚時歇小旦你思損桃花頰翠鎖春花葉婚姻事多

磨折有日氷絃接暫把愁懷撇

【尾】旦唱相逢細把離情說謝娘行將奴提挈老旦你莫把閑愁心上

咽老旦云天色將晚了收拾進去

北窓斜月映屏風　今夜紫臺兩意同

一葉浮萍歸大海　人生何處不相逢

殊演○情節甚佳曲白都暢稍加節潤便極精神

第二十二齣　遇故（雜外冠帶衆隨上）

【步蟾宮】（雜外）官尊獨坐威風肅初受命恩沾雨露蘭臺石室返征車前途去好尋親故

（外云）雙龍闕下拜恩初東去長安萬里餘共許鄒生工射策南來不得豫章書下官李昌言新蒙聖恩陞授御史中丞即日起程往燕京到任自前日別了王彥玉兄弟一去杳無音信近聞朝廷停罷科舉許各官舉薦賢才方得臨軒召對下官一到京師待要舉薦我兄弟不知他寓居何處敢是到家姑處成親也未可知待我到了京師再訪消息今日是黃道吉日叶左右就此起程（行科）

【香柳娘】（衆唱）趂秋風戒途趂秋風戒途威宣繡斧車旗遠遠須分

飄〻繡節皇華去
異夢記
卷之下
十

○○○○公差形狀

○○○○可恨可恨

○○○○又一活路

路（外唱）聽嚶嚶鳴鳥呼聽嚶嚶鳴鳥呼故友暗魚書覓行踪在何處他是金閨俊英金閨俊英泥塗暫居定登天府（外衆虛下雜小生帶生上）

前腔（生唱）恨奔馳道途恨奔馳道途遭逢困苦（小生云快走若不走大棍打來生唱）無因肆毒加箠楚（襍云平江路已近了快走些二生唱）問吳門那邊問吳門那邊他魂魄入幽都雙環又如故這環是我失去之物那吳學士宅眷投我必有緣故這情踪可疑這情悰可疑相投佩琚莫非漢濱遊女（雜云前面有官府來我們且在此避他外帶衆上）

前腔（外唱）看長征遠途看長征遠途騑騑四牡（衆云禀老爺前面是皇華館驛了）（外唱）飄飄綉節皇華去（生叫科救人救人小生做掩生口科生又叫科外云甚麼人叫拿到館驛裡待

禿子爲何〇〇〇〇
〇不容拿〇

我審問（衆拿生雜小生見外科）（外云）呀這是彥玉兄弟（生）你
云原來是我哥哥（外云）你爲何這般行徑（相抱哭科）（外唱）
何方寓居你何方寓居只道梁苑任相如鄒陽怎遭獄（生唱）恨風
波陡然恨風波陡然天高怎呼負冤誰訴
（生云）小弟前在金陵師長與我去接葦眞吃剌思衆人皆跪
他小弟獨不跪與他挺撞一番那禿子因此懷恨不知甚麼
人冒了小弟的名去騙顧仲瑛女兒爲妻那女子不從投水
而死他的父親把我名字告在那禿子處叫人各處緝拿小
弟前日在途中被這夥人把小弟拿了要解到禿子處（外云）
有這等事（生云）小弟一路被他百般凌辱（外云）拿過來各打
四十（打科）（外云）我本待打死你這廝放你回去寄個信與那
禿子他無故妄害平人我到京中奏過朝廷便來拿這禿子
了（衆應科）正是雙手劈開生死路一身跳出是非門（下）
（外云）賢弟前日這三封書可曾遞得麼（生云）哥哥聽稟
【春鎖窗】（生唱）蒙寄這遍錦書命多乖空勞路途 小弟先到杜平章家這位老先生已

不○灑○

不在了（外云）這位老先生沒了可惜（生云）隨後到平陰不想那劉宣尉又出征去了　落花無主飄零一似風中絮（外云）家姑娘這封書要緊的可曾投遞麽（生唱）嘆孤身行止趑趄早浮沉了豫章魚素吁嗟浮踪似涸轍窮魚怕終身枉抱瓊琚

【針線箱】（外唱）造物的杳然無據新豐困權時不遇你軒軒氣宇朝霞舉豈終做卞和辛苦（生云）如今朝廷停罷了科舉（外唱）莫論清時不用三冬足只憑滿腹包藏萬卷餘休自慮幾曾見筆尖兒終悞名儒

【解三醒】（生唱）嘆自古英雄艱阻豈青雲罷業全疎笑兒曹穩步雲霄路把俊傑困菰蘆（外唱）你爲神詎比溝中斷遇賞還同爨下餘從此去管教你逢時遇主得意皇都

（外云）朝廷雖停罷科舉許各官舉薦賢才方得臨軒召對下官一到京師便舉薦賢弟憑着賢弟這般才華臨軒召對豈有不中之理你可同我進京何如（生云）多謝盛意

（外）艱危須仗濟時才（生）懷抱何時得放開

（合）萬事不由人計較　一生都是命安排

機穽非陷人亦非救人鍾人乎在天為

第二十三齣　露奸　（老旦旦小旦上）

（旦唱）金風倭切舊滿庭芳（老旦）清露飄凉轆轤聲轉衡陽鴈斷秋雲（小旦）恨憔愁見忽聽秋聲至也芳情亂暗怯香魂（合）相看處許多

秀色堪餐

閨思寂寞掩朱門

（見杜生查子）（老旦云）金井墮高梧正是天將暮黯澹小庭中滴滴芭蕉雨（旦云）綉工夫牽心緒配盡鴛鴦縷（小旦云）待得沒人時偎倚論私語（老旦云）前日我侄兒李昌言說王奇俊才貌兼全意欲招他爲壻約定春初寫書叫那生來見我如今又是深秋怎生還不見來大孩兒前日來哄你的也是王奇俊儻然就是此人怎生是好（旦云）同名同姓的最多一定不是那人想早晚定有信息母親

不必憂慮（小旦云）母親請自開懷

【漁家傲】（老旦）他說是燕子啣來上苑春到如今岸柳煙殘梧桐露粉教人望斷秋空雁久羈魚信他是箇霧豹淵龍怎悞却鴛侶鳳凰難道做沒影佳期佳期信未眞

【會河陽】（旦唱）萬疊逢山空勞夢魂起看霜月冷侵門爲何強搵情

珠帶寬綉裙〔背唱科〕共誰說心中悶〔小旦云〕姐姐爲何這等愁煩〔旦唱〕爲着巴不

到椿庭信爲着消不了梨雲恨

攤破錦地花〔小旦〕你省悲辛莫教想卻梨花粉你憔憔愁零落了

寶髻鬆雲〔小旦背科〕我一片愁腸怕對愁人强温存我背地裡拭啼

痕

〔丑上云〕手齎驄馬諭計賺錦庭春小子張曳白前日在渭塘做出天大的事來被我走了如今到處拿王奇俊與我小張何干前在店中拿得李西臺書如今到范夫人處投遞人是假的書是眞的怕他不信這箇老婆穩穩是我的此間已到他門首待我大模大樣走過去有人在此麼我是金陵王相公有西臺李老爺書在此快去通報先拿書進去請老夫人相見〔進報科〕〔雜云〕金陵王相公送李爺書在此〔老旦看書科〕〔老旦云〕大孩兒不知就是騙你那人也不是我出前堂相見

天發其奸

甚矣假書無用看此兒寫假書的就是真書也沒用了可憐可憐

你可隨我到簾中一認（旦云）曉得（老旦云）快請（老旦出丑相見科）（旦）張科（丑云）學生奉西臺李兄之命特來造謁老夫人（老旦做不樂科）（老旦云）老身知道了到前廳請坐（丑出老旦進科）（老旦云）我那侄兒好悞事這等一箇模樣如何做得我女壻（旦云）母親前日來騙孩兒的正是此人（老旦云）這等一定是箇光棍套寫假書來騙拐的叫院子快打發他去（雜出見科）（丑）老夫人叫相公請回（丑云）我為小姐親事李老爺着我來就親茶不見酒不見怎麼便請回難道賴了我的親事不成（雜云）老夫人說書是假的（丑云）這是李老爺親手寫與我的如何是假的我不去要成了親方去（雜推丑出科）（雜云）光棍快走若再不走大棍打出去（雜做閉門科）（丑云）可惡怎麼就推我出來假書是我慣寫的這書不是假的正是假饒俐

盡湘江水難洗今朝一面羞（下）（雜云）那光棍撚去了

【麻婆子】（老旦）錦書錦書雲外至空傳隴上春（旦唱）舊怨舊怨心中省空思楚岫雲（小旦）花箋翻作斷腸文玉筋界破紅粧粉桃畔添愁

悶（合）正是相對益傷神

衡陽歸雁幾封書　一世生離恨有餘

本待將心托明月　誰知明月照溝渠

不到烏江心不休

第二十四齣　逢世　（末扮黃門上）

意難忘前（末）唱五夜漏聲殘衣冠齊集誰敢喧譁君前傳奏疏殿下聽黃麻

（末云）自家元朝一箇黃門官是也正是早朝時候怕有百官奏事只得在此伺候（外朝服雜隨上）

意難忘後（外）唱金蘭友負才華他久困泥沙待求賢爲國薦舉天

家

（外云）下官今日薦舉俺兄弟王奇俊臨軒對制已是午門首了不免進去（見朝照常科）（末云）有何文表在此披宣（外云）臣御史中丞李昌言奏聞聖上

【柰子花】（外唱）臣受皇恩寵眷無加薦賢良輔佐皇家金陵秀才王奇俊是瑚璉秘寶連城價展經綸可宣王化（合）非假願聖王俯垂採納

（末云）那王奇俊才學何如

【前腔】（外唱）滿胸中攄盡春華展冰文吐出雲霞看英詞燦爛飛才堪詫論雄文並芳班馬（合）非假願聖王俯垂採納

（末云）聖上有旨着中官宣王奇俊對制謝恩（外謝科）（雜云）宣王奇俊（生儒服持笏上科）

扎一枝花（生唱）磨穿鐵硯山積起霜毫架塡不了幾行文字債撐不到兩字利名艖書卷生涯是日何年罷幾人心地達則俺也今日價纔了得者也之乎嘗盡了鹽酸辛辣

（生）做朝見科（末云）聖上有旨問當今朝廷要務以何者爲先

梁州第七（生唱）則俺本是箇書生淺見沾被着聖化無涯論興亡自古先開錞（臣見妖僧輩眞乞剌思）他不去手持貝葉他不去體掛袈裟捧天書假傳詔旨行符篆擾亂皇基誑君王篤說長生害生靈選盡嬌娃有錢的飽私囊擅斂錢神無錢的假公案妄加殺罰子這些行兒漫釀着禍亂根芽他種種奸猾椿椿嬌詐却不道有

干聖化（生）吾王城狐社鼠將國法加子見那聖德堪誇

（末云）聖上有旨王奇俊直諫利害忠鯁可嘉擢爲第一授西臺御史巡視山東路妖僧聾眞吃刺思榎氏害國法當處斬着王奇俊斬訖奏聞所選童女發還本家聽其婚嫁欽此謝恩（生謝科）（末云）賜王奇俊緋袍一襲宮花二枝撤殿前鹵簿送御史歸第（生換衣見外科）（生云）多謝哥哥薦拔（外云）這是賢弟高才聖主弘恩下官何力之有（末云）請御史上馬

【尾】（生唱）紫綈綈跨着驊騮馬光燦燦簪着宮樣花一領紫羅袍稱身掛這是明王恩大朝廷寵加謝得恁仁兄將俺在泥塗拔

（鼓樂迎生下）（外云）且喜王奇俊兄弟已中高第叫左右（衆應科）（外云）差你往慱平縣報與范夫人知道說王爺已授西臺御史即日巡視山東若到慱平可央吳學士到王爺處與小姐議親（衆云）老爺可有書麼（外云）回去便修書與你

賈誼才調更無倫　霄漢無雲日月眞

畫虎未成君莫笑　安排牙爪始驚人

常屢罗加綢繆

第二十五齣　肆奸

（淨扮表衆隨上）

一剪梅（淨唱）嬌娃選盡進皇闈遍覓名姬怎得名姬

自家案臨平江路已畢不日起馬到山東路去只是選來童女不下數千再沒一箇當我意的想是那官府受了賄賂把好的俱隱下了我如今張掛告示如有隱瞞童女者許諸人出首叫左右把告示出去（末小生上科）有事不敢不報無事不敢亂傳禀老爺王奇俊拿着了（淨云）如今在那裡（小生云）小的拿着了王奇俊解在路上遇着中丞李爺王奇俊叫起屈來被李爺拿過去那王奇俊原與李爺是好朋友就帶他進京去了小的們各打四十李爺到京就要動本哩（淨云）憑他動本我不怕你們好不小心怎麼被他帶去饒你打快走（衆謝老爺）（丑扮衣巾上科）

出首是秀才熟路

叟白生員不如簞真和尚

前腔（丑唱）**恃書挎騙被淩欺為愛嬌眉妬殺嬌眉**

（丑云）前日被范家羞辱了一場、怎出得這口惡氣、打聽得他小姐吽做瓊瓊如今將他名字開報到國師處、選他進宮、分開他母子、有何不可、此間已是他衙門首、待我走進去、（禡云）相公到此何幹（丑云）我來出首童女的（禡云）待我們通報（進科）（禡報科）有一箇秀才出首童女的（淨云）着他進來（丑進跪科）（淨云）先生有些面善（丑云）生員張叟白（淨云）前日在金陵曾相會來（丑云）特來出首童女山東路博平縣有箇童女范瓊瓊生得十分美貌他聞得國師按臨上下鑽刺要隱下名字生員特來出首（淨云）你是箇忠厚人、我如今先行文到山東路廉訪使取他進宮便是那女子果然生得如何

紅衫兒（丑唱）**他婷婷體態真猗妮果是希奇若選入長門去料六宮無可比**（國師）**你須號令敢不遵依怎容他故違忙選取休得要羈遲怕他多方逋避多方逋避**

〔前腔〕〔淨唱〕親承帝旨選諸姬誰敢相欺他容貌真奇異選將來入禁闈虧殺你先報吾知怎容他抗違把佳人悄去追提那怕他多方遁避多方遁避

〔淨云〕吽左右拿這文書到山東路廉訪使投下要選取童女范瓊瑤進宮若有逃避地方官聽叅我就按臨山東路逕到我府中來〔衆應科〕〔淨云〕張先生你是箇好人就在我府中做箇幕賓罷〔丑云〕多謝國師

嬌娥選取進明君　公報私仇是小人

惟有感恩并積恨　萬年千載不生塵

忠厚人是我為府中幕賓只恐為幕便不忠厚了

始。終。不。忘。

第二十六齣 訂盟

（生冠服衆隨上）

憶秦娥前（生唱）逢明世位居栢府身榮貴身榮貴忝武陵人遠幾增憔悴

（生云）總轡登長路我馬玄以黃盈盈樓上女娥娥紅粉粧覊旅遠遊宦各在天一方神往同逝遠形留悲參商下官蒙聖恩對制第一官拜西臺御史差往山東且喜功名已遂只是那夢中相會的女子聞他投水而死不知果然死了否想是那妖僧要陷害下官揑造出來的好生放心不下前在店中安歇之時吳學士宅眷投此何環過來必有緣故那日被他們催促起身不曾訪問明白如今差人到滑塘訪問那女子消息便知端的院子那里（小生云）堂上聞呼喚階前聽使令老爺有何分付（生云）差你往滑塘地方到顧仲英相公家裡訪問他小姐的消息若他小姐在時你說我與小姐夢中相會要娶他為夫人（出環科）可拿此何環為聘不日遣人迎娶若他小姐不在了你說請顧相公到任上來我要見他不可

一雙兩好

悞事〔小生云〕曉得手持金環去迎娶玉人來〔下〕〔生云〕今日是黃道吉日叫左右收拾起程〔外冠帶衆隨上〕

憶秦娥後〔外唱〕故人年少初登第喜拔節青齊去青齊去須發成就鳳鸞佳配

〔外云〕今日王彥玉兄弟起程下官特來送行此間已是他門首叫左右通報〔雜報生出迎見科〕〔外云〕今日賢弟榮行下官特備會酒餞別〔生云〕多謝

〔外云〕拿酒過來〔外送酒科〕

字字錦〔外唱〕當初下絳帷管席曾同倚今朝入紫微祖席相分袂

下官有一言奉告家姑有一女表妹姿容雅麗頗稱賢淑家姑托下官擇一佳壻下官昔日說賢弟才貌家姑便有仰攀之意向日托賢弟寄書家姑正爲此事不意賢弟不曾去得家姑執着前言專望賢弟到彼完就親事今往山東博平正是駐節之地下官已曾差人寄書與家姑去了賢弟我那妹子呵守青閨一似豆蔻含芳含

鄲夢記
卷之下
十九

故人多少却
登第尤喜
捷節青綠
去　松雪

芳女擇偶郄家快婿摽梅將離孤鳳曾許下施衿結褵賢弟今日則

身膺繡衣繡衣新榮貴往到傳平之時相逢處訂鸞鳳期把赤繩早繫

休將盟言背棄盟言背棄請酒做飲科介和伊盡倒離樽共向河梁把

臂分別去多多少少心心意意兩下好把雁魚屢寄

（生云）承兄之命小弟焉敢有違只是小弟昔時有一奇遇未敢聞命（外云）願聞

前腔（生云）小弟當日咱唱蘭橈住錦堤金谷閒遊戲春花傍小池靜女無

端遇小弟回到舟中擁孤幃夢入華胥華胥境兩兩鴛鴦並倚夢中那女子把紫金碧甸環贈我小弟以水晶雙魚佩荅他醒來時節小弟不見了雙魚佩只見那甸環在小弟手中稱奇相

投瑣佩覺來分明在衣小弟在途中失了甸環不知何人拾了冒着小弟名兒去騙那女子前日妖[illegible]

差人來拿小弟說那女子投水死了聞清波喪伊聞清波喪伊時含淚小弟已差人去訪那女子消息托驛使早傳隴梅托驛使早傳隴梅探多嬌寄息怨將夢兒背弃將夢兒背弃〔外云〕賢弟這是夢中之事何必守他又來固執了表妹姻親一定要求俯允〔生云〕不敢〔合〕和伊盡倒離樽共向河梁把臂分別去多多少少心意意兩下好把雁魚屢寄〔生云〕小弟就此拜別〔外云〕下官還要再送一程〔外生衆行科〕

【鵲踏枝】〔衆合〕排騶從耀霜威陳旌節燦霞輝法星正朗隨車騎芳塵動芳塵動驄馬爭馳天涯路正萋萋〔合〕播才名盡知播威名盡知遠望臨淄遠指青齊盡道行且止處處避着皂蓋朱衣

前腔（衆唱）烏臺上風雷叱咤。滿閬臺雨露霏霏。看一路虎狼皆遠避。從今去。從今去。澄清攬轡無停滯。爭教人人望若雲霓。（合）播才名盡知。播威名盡知。遠望臨淄。遠指三齊。盡道行行且止處處避着。豈是芰荷衣。

（生云）仁兄請回。小弟告別。（外生別科）

欲別心不忍　回首泣迷津

受盡苦中苦　方爲人上人

第二十七齣　代選

（老丑旦小旦同上）

逍遙樂（老旦）一簾秋色。擁惆悵。鴻書傳故隴。（旦唱）相思幾度泣愁紅。

淡而雅

（小旦）風掀翠幕秋老梧桐牽惹情悰。

〔河滿子〕（老旦云）寫得魚箋無限其如花鎖春輝（旦云）目斷巫山雲雨空教幾夢依依（小旦云）却愛薰香小鳥羨他常在屏幃（老旦云）前日寄書那生你說就是騙你之人我想一定是個光棍冒了王郎名姓到處拐騙因此撚他去了但不知這書如何落在他手中（旦云）母親恐怕書也是假的（末云）忽傳丹詔至急報錦堂中（末進見科）（老旦云）你是吳家院子來此何幹（末云）老夫人不好了王相公道老夫人賴了他親事又辱罵了他把小姐名字開報葦真國師處昨日行文到廉訪使即刻就差人來選取小姐入宮了老爺特差小的來報與夫人知道（老旦云）這等怎生是好（小旦云）母親孩兒自幼不離膝下怎忍棄了母親而入宮中去豈不痛殺我也

〔二郎神〕（小旦）心驚恐霎時間頓分飛彩鳳念膝下嬌痴承愛寵怎昭陽閑老凄涼獨守深宮你景入桑榆無與共忍撇得萱庭愁

〇〇〇立意遠

痛悶懷濃恨驀地丹青斷送嬌容

鶯啼序〔老旦悲科〕書堂寂寞蘭玉空晨昏有女陪奉待選箇佳婿乘龍早成就少年鸞鳳忽天書啣來帝庭怕白首先歸丘隴愁思冗只落得斷腸悲痛

〔旦背科〕前日店中雖然遇着那生不知姻緣幾時得成就我在此也是枉然不若替妹子選入宮中尋個自盡一來報母親之恩二來遂我初志有何不可〔轉對老科〕母親孩兒有一言稟上母親母親高年白首鶴筭無期妹子麗質青春鳳占有日正宜其守豈可分離孩兒身似浮萍跡如斷梗既蒙母親撫育又辱妹子鍾情願代入深宮且聊塞使命〔老旦云〕孩兒你雖非我親生情同骨肉我既捨不得你妹子入宮怎又捨得你去這決然使不得

簇林鶯〔旦唱〕你燈前共綉閣同恐分離西與東〔指老旦科〕蕭蕭白髮無

○○○○又多一曲折

人奉妹子可瓊葩露濃蓬山路通只怕香消玉字難承寵恨匆匆

我孤栖春燕飛入廣寒宮

〔啄木鸝〕老旦情和協意氣濃掌上雙珠恩愛同若爲他護惜文禽

怎教伊鎖定銅龍小旦姐姐我秋霜驟把柔枝送望你春暉好把

萱花擁〔旦云〕妹子你不須愁若我情願替你入宮去〔小旦云〕這箇决無此理你有日雙鴛宿錦叢

怎教恨入牢籠〔雜扮官帶衆上〕

〔滴溜子〕衆唱承台命承台命詔須九重求童女求童女選呈後宫

〔進見老旦科〕〔旦小旦虛下〕〔衆云〕老夫人我們奉國師之命選取范瓊瓊入宫 嬌女登名供怴將脂

粉施雲鬟攏速駕香車往途府中

老旦云知道了列位前廳請坐待孩兒梳粧了送出來衆云這等我們在外面等候老旦進見小旦悲科老旦云國師已差人在外面如何是好我怎生捨得你入宮去旦云事已急了快把孩兒送出去老旦云這事如何使得

水紅花犯 旦唱 綉閣終朝愁擁擠春殘御苑東 旦背科 我若進宮中那夢中書生終身不得相會了 便題葉付流中路難通無人酬咏似侯妃折損一枝紅損花容裏腸誰控 母親孩兒就此拜別旦拜老旦扯旦科小旦云母親還等孩兒去旦云母親孩兒一言既出決難改移老旦云既然如此只得隨你意兒只是我捨不得你去老旦旦小旦相抱哭科小旦唱 你一行淚飄紅臉我恨蹙兩眉峰 合 從今春喝景陽鐘也囉 衆上云國師已到府中快些快些老旦旦出科

尾 旦唱 別高堂離愁重我恩情已逐曉雲空 老旦 從此音書眞斷鴻

眾擁旦下老旦小旦弔場末上云驄馬裁雲翰雙魚寄故人進見科老旦云你是李老爺院子爲何到此末云老爺拜上老夫人王老爺對制第一除授西臺御史特着小人報知王爺處議親老爺有書在此老旦看科老旦云王郎差往山東不日就到傳平了小旦做不語科老旦云我說前日那人是假的小旦云還是母親高見老旦云你的親事且喜成了只是你姐姐代你入宮不知他生死如何教我怎生放心得下小旦云明日還該叫院子去打聽老旦云明日差院子去請吳大人就教他到府前打聽便了

一杯成喜又成悲　回首春風淚兩垂
世上萬般哀苦事　無過死別共生離

第二十八齣　訪夢　外扮顧仲瑛上

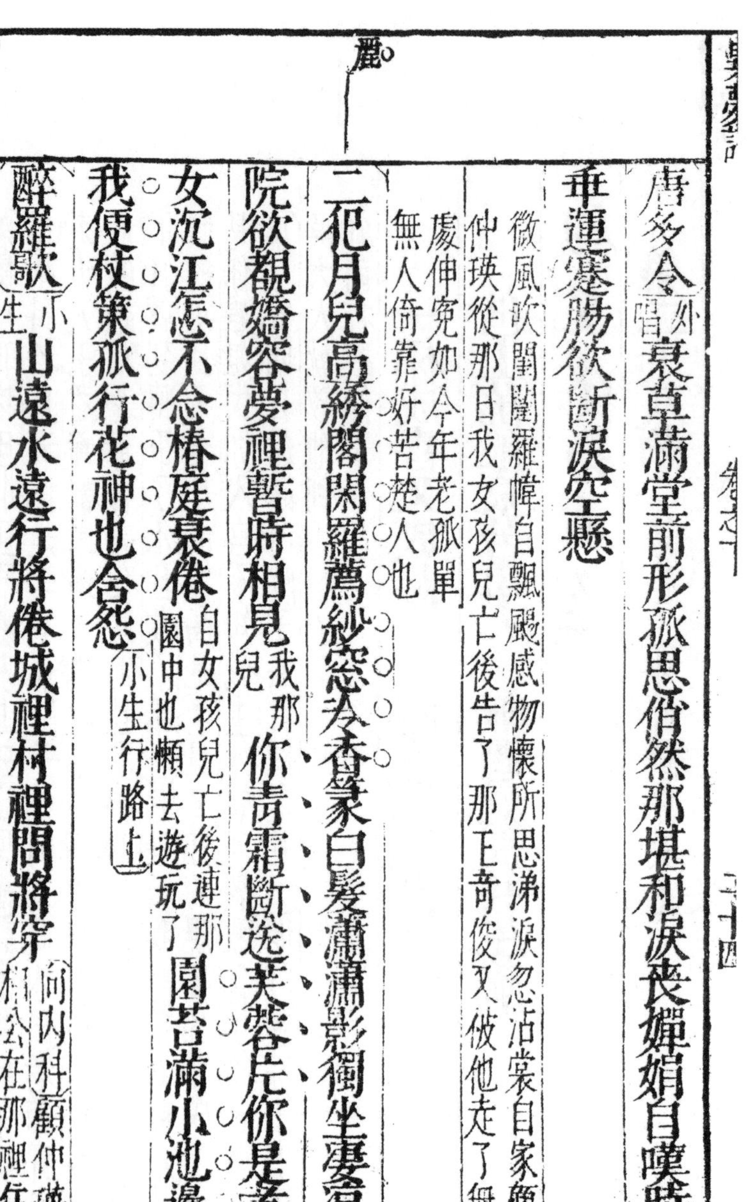

麗。

唐多令（外唱）衰草滿堂前形孤思悄然那堪和淚長嬋娟自嘆時乖運蹇腸欲斷淚空懸

微風吹闈闥羅幃自飄颺感物懷所思涕淚忽沾裳自家顧仲瑛從那日我女孩兒亡後告了那王奇俊又被他走了無處伸究如今年老孤單無人倚靠好苦楚人也

二祀月兒高綉閣閑羅薦紗窓冷香篆白髮蕭蕭影獨坐淒涼院欲覩嬌容夢裡暫時相見（我那兒）你青霜斷送芙蓉片你是孝女沉江怎不念椿庭衰倦（自女孩兒亡後連那園中也懶去遊玩了）園苔滿小池邊我便杖策孤行花神也含怨（小生行路上）

醉羅歌（小生）山遠水遠行將倦城裡村裡問將穿（向內科）顧仲瑛相公在那裡住

此○若○如○夢○中○

雅○

〔外云〕前面就是他家〔小生唱〕曲水平橋是名園行裝來進院〔進見科〕〔外云〕老哥何
處來的〔小生云〕小的是西臺御史王老爺差來的〔外云〕是那箇
王爺〔小生云〕叫做王俊〔外怒科〕他騙我女兒爲婚逼他投
水死了我正要尋他叫你來何幹〔小生云〕我老爺特差小人
來問小姐消息他當初既逼他死了爲何又差我來前日或
者是光棍冒名來的也未可知不要錯認了〔外云〕你且說來
〔小生云〕老爺未遇之時夢中與你小姐相會如今做了官要
娶小姐爲夫人特差小人送這紫金碧甸環來做聘禮〔出環
科〕〔外云〕前日那甸環我女孩兒帶在身邊如今爲何又有一
甸環前日一定是假的
了〔小生云〕我老爺呵〔唱〕名魁金榜。蒼瑣佩懸。要姻連鳳侶。把
青鸞信傳。烏臺合巹眞堪羨。〔外云〕可惜我那女兒死了〔小生唱〕雲遮掩月未圓。
人間空嘆茂陵阡。
〔二犯月兒高〕〔外唱〕他折桂登金殿我那女孩兒呵飛花落芳甸驛使空傳

信朧上推香片我那元王郎做了官差人來聘你你地下應知暫把悶懷展怎教水府珠重現縱有海外神香芳魂難轉天何苦喪青年想是薄命紅顏鴛鴦分緣淺

外云這何環依舊還你拿去

【醉羅歌】小生一生一死難相見這環兒呵空來空往也徒然老爺指望咏標梅結良緣誰知歌詩里增悲怨菱花已破何時再圓冰弦已斷何時再續除非夢中省識春風面老相公老爺分付如小姐不在了要請相公到山東相見他懸徐榻你整冠既青齊攬轡莫留連

外云我去那里何用小生云老爺一定要請相公去的外云這等明日與你同行

去去多窮路　生涯共苦辛

萬般俱有命　半點不由人

總如雨情是死和兄愛

第二十九齣　除奸　淨蟒衣丑隨衆上

【梨花兒】（淨唱）頭帶毗盧穿錦綉夜夜摟定翠嬌眠念佛參禪撇在後（丑搽唱）這樣和尚眞空有（丑見淨科）（淨云）前日差人去選范瓊瓊我已到山東地方怎麽還不送到我府中（丑云）他怎敢不來（衆隨旦上）

【金蕉葉】（旦唱）恩綢意綢代嬌娥長門獨守拚紅顏委棄壠丘料夢兒終難聚首

既曰光棍何處不到

(衆云)此間已是國師府中小姐請進去(旦見淨旦驚科)(丑背叶科云)有鬼有鬼這不是范瓊瓊(淨云)這樣標致女子便不是也罷了(旦看丑云)怎麼這光棍又在此腑(淨云)美人我選到數千童女那有如你容貌下官自要愛用請進後堂不要與衆童女同處(旦云)你奉朝廷旨意選我入宮我就是聖上用的人數如何輙敢無禮(淨云)權柄俱我手中要進用也由我要自用也由

我誰敢抗違

(憶多嬌)(淨唱)部秀色嬌艷質肌似芙蓉輕露濕粉黛千羣無與匹

美人我今日遇你　喜合今夕喜合今夕和你被底鴛鴦比翼

也是三生有幸

(鬬黑蟆)(旦唱)紫殿丹書誰輕悖逆上苑宫花誰加採擷(淨云)多少婦人要去尋和尚我這樣風流和尚求尋你你到做勢(旦唱)　我操似玉心匪石肯受青蠅點污白璧(淨云)你看我這等勢耀你若從了我享不盡的富貴(旦唱)　永山易忽榮華輕一擲(淨云)我約

秋夜自然動乾火

一箇光棍悮了半生

秀才與和尚講嫖經皆是過犯經的

娘那誰敎你生得這等妙動了我的乾火[旦云]咗你若侮慢了我便有欺君之罪 休得撥柳撩花欺君辱國

憶多嬌[丑唱]愁杆織泪杆漬他炙手薰天誰敢敵 不比小生由得你的性子 自惹災殃追莫及[旦云]咗誰要你這光棍胡說[淨云]你如今到我這里就揷翅也飛不去了 烏被羅敷

烏被羅敷那怕有冲天勁翼

鬬黑麻[旦唱]夢裡重提裏腸悶積眼底新愁羅衫泪濕[淨云]我這等俊俏你與我做個夫人也不虧負了你[旦唱]憑城社耳巾幗形似猴冠羊蒙虎質[淨云]這女子真可惡怎麽罵我[丑云]國師打情罵趣出在嫖經上的[淨云]這等請打幾下[丑云]這等是打和尚了[淨云]你看我何等威勢那怕你不從[旦唱] 休將勢逼瑤華搒碎劈[旦做悲介] 身喪荒丘魂歸故

梦裡重提表
腸悶眼底新
愁羅衫濕
紫芝筆

國

淨扯旦旦做尋死科衆云聖旨下淨云且把這女子帶去待我接了聖旨再處他不怕他不肯旦下生帶雜棒聖旨上

霜天曉角生唱豸冠衣繡拜命君恩厚詔旨誅夷羣醜看城狐一旦俱休

生侍立雜讀旨科聖上有旨妖僧葦眞吃剌思邪說欺君擾民害國法當處斬着西臺御史王奇俊斬訖奏聞所選童女各發寧家聽其婚嫁欽此謝恩淨謝科生云拿那妖僧過來去了蟒衣衆去衣科生云你那妖僧你在金陵之時何等威勢豈知也有今日推出去斬了淨云我做箇和尚享了多少榮貴困了多少美女便死也彀了衆推出斬下科生云選到童女俱發廉訪使審錄明白着令親人領回不必帶進來衆應科生云拿這秀才過來丑云王兄久違了生云你在此何幹丑云那妖僧請我來做幕賓生云你文理也不通做甚麼幕賓丑云東抄西抄便是生云怕要抄差丑云如今做官的

若通不去做幕賓了

做窮官正不必過交埋果不食言

御氣自然談餘

躡月會合處妙甚

做沙差了也不知道（生云）你記得做了官回去又譏笑我一場是何道理（丑云）這舊話休題了我原說你做了官我依舊來奉承你（生云）誰要你奉承

祝英臺（生唱）想當時長途困阨浪跡嘆飄流（你說我文章沒用了）只道摧折桂枝毀斷雲梯埋滅匣中吳鈎我是騂騮暫時伏輓轅車一旦康莊馳驟勸君家休得似雨雲翻覆

（生云）你在此與妖僧用事本該發廉訪使問罪纔是（丑慌科）望乞饒恕下次再不敢反面無情做此狗彘之事了（生云）且看朋友分上饒你去（丑云）多謝（出科）（外小生同上云）竹死桐枯鳳不來一生襟抱未曾開艱難困苦繁霜鬢一寸相思一寸灰（小生云）此處是王爺府門首了待我先進通報（外見丑扯丑科）（外云）我正要尋你你却在此處（丑慌科）（小生進見生科）（小生云）稟老爺小姐已不在了顧老相公請在外面伺環送還老爺（外扯丑同進見生科）（生云）張曳白為何又進來（外

白供紗

（三云）小女之死正為此人

（生云）怎麼為着他來

【前腔】（外唱）聽剖小女呵為游名園遇俊傑牽惹下紅愁獨守綉幃夢逐行雲兩下綢繆 小女夢中要先生做詩一首小女把紫金碧甸環贈先生先生把水晶雙魚佩贈小女醒來時詩與雙魚佩俱在只不見了甸環（生云）彼時下官也有此夢與令愛的夢無二樣這夢果然奇異（丑云）做一本異夢記何如（生云）休要胡說（外云）小女呵為情深瘦損香肌我待尋個夢中鸞偶不意這光棍拿了甸環寫了夢中詩冒了姓名央人來議親老夫見甸環與詩就應允了成親之時小女認得不是夢中相會之人不願從他被他强逼小女投水死了（生云）可惜可惜下官在店中失去了甸環被他拾了彼時下官與他說了此夢他就乘機來騙張旦此豈人之所為（丑云）不敢小張原是禽獸（外唱）他生機變把花貌送入東流

前腔〔生唱〕心憂爲甚的猖謝芳菲因伊强去折春柔却教青鬢早亡白髮孤棲閃得我許多離愁因你冒了我的姓名我險些被妖僧拿去窘辱一場是何道理招尤你待竊玉偷香却巧粧成機彀恨伊家沒來由輕擢愆咎〔生云〕叫左右把張戈白發到廉訪使去問罪〔衆應科押丑出科〕〔云〕正是天網恢恢疏而不漏下〔生云〕令愛爲下官而死下官情願終身不娶以報令愛〔外云〕說那里話

前腔〔外唱〕差謬你是箇題枉仙郎年少更風流須早繫赤繩別受絲鞭往事莫縈心頭〔生唱〕你休羨多嬌節似松筠怎再拈花惹柳〔外云〕那個環送還大人了〔生唱〕守雙環願來世重爲佳偶〔外云〕若非先生高中老夫終身恨着先生來那光棍不可輕恕他〔生云〕下官分付廉訪使便是〔外云〕老夫告別〔生云〕令愛

雖死怎忍就
去多任幾時

朔風吹雁倍傷悲　湘水無情豈豈知

善惡到頭終有報　只爭來早與來遲

除奸報德大於天說為花天緣功處也

○曳白機鋒到底不乏之

第三十齣　議婚　（末扮吳學士上）

高陽臺引（末唱）淑女芳姿仙郎才地應知伉儷天設玉種藍田當年已訂姻牒如今鵬翮飛天路托冰人再伸盟誓為他們僭信烏臺絲絲繫結

絳旆翩翩擁漢宮朱門光邃笑彈冠蓬山此地無多遠青鳥何曾爲探看老夫受范夫人之托到西臺王老先生處議親此間已是他衙門首叫會門入通報〔雜應介〕〔雜云〕老爺有請〔生上〕

〔三臺令〕〔生唱〕夢裡誓盟空設心中每懷疑決門外客停車未審他有何關說

〔雜云〕吳學士老爺拜訪〔生云〕快請〔雜做開門生迎末進見科〕〔末云〕老公祖在上老夫有一拜〔生云〕下官也有一拜〔末云〕邑鴨奮振仰于矜服之清嚴驄馬翱翔俯鑒縉衣之悃愊得瞻風範喜接霜威〔生云〕老先生鸞坡雋品鳳閣仙才流彩木天夙欽令範隱淪泌水益仰高蹤〔外云〕老公祖范夫人有一令愛托貴友李中丞擇一佳婿李中丞稱揚老公祖才華范夫人遂有仰攀之意當日李中丞轉達約定春初來此成親不蒙杜顧范夫人時切懸望前日李中丞又有書來言此姻事范夫人特免老夫來作伐欲把小姐招老公祖爲婿望賜俯諾〔生云〕承老先生枉臨況是李兄夙約下官豈敢有違只是

畫迹可删

下官未遇之時曾與一女子夢中有約不敢閣命（外云）願聞

【高陽臺】（生唱）綺陌停橈。芳園選勝。見佳人曲逕閑涉。下官可逢孤眠燈前夢裡懽悅。夢中那女子要下官做詩一首他把紫金碧甸環贈下官下官把水晶雙魚佩答他醒來時節下官不見了雙魚佩甸環到在身邊奇絕佩瓊燦爛猶在手早難道覷同蝴蝶那女子也做此夢因而思想成病他父親央媒尋訪下官此時下官在旅店中遺失了碧甸環被一光棍叫做張臾白拾了下官曾對他說夢中之事他拿了甸環乘機到彼處求親那女子父親見了甸環就應允了成親之時那女子認得不是下官不願從他被他強迫遂投水而死（末云）有這等異夢只不知是那一家女子（生云）是顧仲瑛老先生令愛我想這女子為下官而死下官豈忍負他再休題東床坦腹謝庭風月

【前腔】（末唱）差迭香發枯條春回白草漫消莖凋花折老公祖那女了不死（生云）

關目奏合處甚妙此時光景猶甚哀

他如今在那裡（末云）老夫昔日在平江路有一女子投水漁翁救起下官就取了回家見他霧鬢雲鬟嬌啼幾許悲咽老夫問他姓名正是顧老先生令愛老夫就送與范老夫人養育范老夫人見他是宦家兒女就收爲巳女心悅金鋪翠幌同居處共深閨親連枝葉前日那光儀又拿了一李中丞書冒了老公祖名姓來騙范小姐親事被范老夫人識破疏辱了一場因此懷恨把范小姐名字報在妖僧處選服范小姐入宮顧小姐情願代替范小姐昨日已蒙釋放回去了分明是隋珠再返寶釵重接

【前腔】（生唱）從別客路奔馳風塵勞攘雲中雁影飛絕前日下官差人去訪他消息就請顧老先生到此方知他果是死了只道喚醒黃粱柯蟻又成飄泊堪悅淒歸大海還相會這高誼賴君提挈顧小姐既在范老夫人處敢煩老先生爲媒下官娶了顧

藍田雙璧○○○今番種○○

事已照應○○○好鬧目○○

小姐就如娶了范小姐一樣了　早成就夢裡山盟舊時鴛牒

【前腔】（末唱）英烈你錦雲才華他松筠節操似蕭郎弄玉相協況勵影雙飛夢中會合神物開闔歷盡終相遇這姻緣果然天合（只是）范小姐親事老夫人既已許下豈肯變更（生云）下官既娶了顧小姐這親事定難從命了（末云）據老夫愚見老公祖娶了顧小姐以完夢中之事再娶了范小姐以完中丞之約豈不兩全（生云）恐怕沒有此理（外唱）　勸君家把海燕雙飛緑綺同結

（生云）下官就把昔日甸環爲聘煩老先生轉送范老夫人下官擇日迎娶（付衆科）（末云）這甸環前日鬮得在顧小姐處爲何又在老公祖這裡（生云）這事又奇前日下官被妖僧拿獲解在途中客店安歇遇着老先生帶了寶眷也在這店中夜間寶眷在壁縫中投環與下官不知何故（末云）老夫正同顧小姐回來想是他窺見認得老公祖因此投這甸環過來（生

說親中有許多湊泊機緣不比尋常撮合所以為妙也

云前日那光棍在妖僧處做幕賓下官已發到廉訪使處問罪了（末云）正該

願植瓊枝向栢臺　懸知獨有子雲才

百年夫婦今朝定　一段姻緣天送來

錄上深志說來如此

第三十一齣　絫成

（老旦小旦上）

【女臨江】（老旦）仙郎家綉身榮顯喜今日訂良緣蜂媒傳信到花邊（小旦）佳人還故里榮望錦車旋

【南歌子】（老旦云）錦薦紅鸂鶒羅衣綉鳳凰（小旦云）綺疏飄雪北風狂（老旦云）羅幕畫屏無事鬱金香王郎喜已到任昨日特央吳大人去與小孩兒議親怎生不見回報孩兒你姐姐已蒙釋放特着院子去請回家怎麽此時也不見來（小旦云）

范夫人固在夢中顧小姐亦在夢中

詩料

想在此時到了（旦雜衆上）

【玩仙燈】（旦唱）去壁畫回旋翠軸已還庭院

（雜云）小姐已到門首了（旦進見科）（老旦云）且喜你今日復回故里只是生受你了（旦云）母親說那里話來（老旦云）那西臺御史纔是王奇俊我已央是大人去與你妹子議親只是你終朝孤另豈不虛度青春那夢中的書生不知何方人氏那里去尋他我要與你別選佳婿以了你終身之事（旦云）母親孩兒情願守着那夢兒不願再尋配偶（老旦云）孩兒你不要固執了

【六犯宮詞】（旦唱）我花鈿慵整春山含怨恨夢與巫峰俱遠行雲墮斷憑他冷落華年看那梁燕羞雙語一任花枝笑獨眠懸魚佩看錦箋不勝離思咽冰弦真箇是春蠶到死絲方盡蠟燭成灰

趣○

問○得○到○

淚始乾○（老旦）梨雲無準○柔腸枉牽○春光到處堪留戀○（小旦）兒教煎熬你

澹花瘦玉模樣不禁憐（末上）

玩仙燈（末唱）破鏡喜重圓翠黛頓舒愁怨

（進見科）（老旦云）吳大人有煩了不知小女親事如何（末云）老夫去與小令愛議親到完了大令愛一樁美事（老旦云）却怎麼說（末云）西臺王老先生正是大令愛夢中相見的書生說起前夢與小姐夢兒一樣（老旦云）有這等的異夢（末云）王老先生因店中失去甸環被一個光棍叫張曳白拾了就假王老先生的名姓來騙小姐王老先生只說小姐投水死了情願終身不娶（老旦云）果然難得（末云）老夫說小姐在老夫人處王老先生不勝之喜就把甸環爲聘央老夫爲媒要娶大令愛（老旦云）這事甚好甸環既失去怎麼又在王老先生處（末云）此事甚奇王老先生被那妖僧擒拿解在途中客店安歇適然下官同小姐也歇在店中夜間想是小姐從壁縫中投甸環過去（旦云）孩兒聽得他終夜啼哭在壁縫中張看認得

夢中相會的書生因此投這箇環過去（末云）如今那光棍已送廉訪使問罪了（老旦云）正該（末云）令尊顧老先生已請在他衙內（旦云）可喜可喜（末云）小令愛親事王老先生因要娶大令愛尚未應允據老夫愚見老夫人先已許下豈可更變不若兩位令愛都嫁與王老先生豈非美事不知老夫人意下何如（老旦云）大孩兒你的意兒却怎麼說（旦云）母親聽稟

兩枝並蒂　絕勝遊仙

九迴腸（旦唱）一從他園中相見誰承望環斷重連戎波漂菰米香雲斷怎知宿汀州護煖文鴛（孩兒與妹子呵）纏綿春草池邊綠怎教他冷落梅花帳底眠心中願望前王謝雙飛燕望聯翩同宿花軒（老旦）良媒已訂絲蘿約合卺也應教鳳影圓（合）須急把同心結連枝種喜雙中雀屏前

前腔（小旦背唱）自和他衆情相眷並香肩笑語瓊軒怕恩多翻做愁

有深意

紅娘教人自沉吟俛首難言（神科）妲妲他襄王早訂朝雲約你神女應酬暮雨緣非情願我似嫦娥爾做了嫦娥般捹得箇桂冷枝單

（旦云）妹子你說那裡話來　瑣樓翠帳相偎㜷綉幔紅絲兩下牽（合）須急把同心結連枝種喜雙中雀屏前

（老旦云）謹依大人尊命（末云）明日黃道吉日老夫人親送兩位小姐過去老夫在那裡等候（老旦云）有勞了

一枝紅艷霊露凝香　海燕雙棲玳瑁梁

不是一番寒徹骨　爭得梅花撲鼻香

一套一些兩情苑然

第三十二齣　完聚　（生冠帶衆隨上）

喜氣藹香濃似玉
樹邊花雙飛
王廷策筆

北中呂【粉蝶兒】生唱 鵲駕銀河。今日價鵲駕銀河試看那雙星驀然
飛過、我子見花扇擁、一對仙娥、一似兩明珠、雙美玉、光搖着祥
雲、朵朵、歷盡風波、恰纔得夫妻酬和
（生云）今日范老夫人送兩位小姐過門分付掌禮生候候（淨
扮掌禮人叩頭）（外上云）一飲瓊漿百感生玄霜擣盡見雲英
（末上云）藍橋便是神仙窟何必崎嶇上玉京（淨云）公祖今日范
老夫人親送兩位小姐到此成親（生云）多謝玉成（外云）吳大
人小女多蒙救援學生禮當拜
謝（末云）不敢（老旦旦小旦同上）
【南泣顏回】老旦 喜氣藹香窩似玉樹瓊花雙朶 旦小旦唱 催粧齊賦春。
山相映輕螺（淨念請生出迎）（老旦旦小旦進科）（合）齊聲唱和喜乘龍女伴真瑕賀
（生旦小旦交拜科）（合）羨多嬌麗彩丹霞羨仙郎佩玉鳴珂

俱是富貴語

〔旦〕與外見科〔外云〕孩兒自那日舟中不見了你豈知復有今日〔悲科〕〔生云〕拿酒過來〔送酒科〕

【北石榴花】〔生唱〕流霞杯裏泛金波、喜今日對酒共高歌、〔合〕俺子見高燒絳燭照雲窩、流蘇翠鎖綃帳紅拖、這壁廂滚滔滔詞源倒峽風濤、歎更翩翩韶秀風流誰過、那壁廂體妖嬈笑綻櫻桃破、恰便似翡翠語涉坡、

【南泣顏回】〔旦唱〕當初夢裏結絲蘿、被玉漏瑲瑲驚破、相思兩下爲情深、好事多磨、蒹葭倚玉、看誓海盟山今朝安、照華堂璧月重圓、耀門闌瑞靄偏多、

【北中呂鬪鵪鶉】〔合〕燦煌煌日麗蛩氈、馥飄飄香籠寶座、嬌滴滴戶

列金釵㷰溶溶簾垂珠幕齊擁着才子佳人偎錦窩畫堂前試覷他子兒紫欄櫺彩繡飄揚光閃閃鸞釵半嚲

南撲燈蛾 合 曉陰陰雲迷錦繡窩光燦燦月滿芙蓉戶伊剌剌絃管行雲奏畢觱篥琵琶聲聒也響蓬蓬鼓聲齊和兒嬝嬝嬋娟齊唱着櫂歌淚淚的蘭房喧笑顫巍巍高雲不動碧嵯峨

北上小樓 合 名花豔綺羅寶釵垂珠顆今日價傍着藍橋上着巫峰渡着天河記得口裡咨嗟心裡思慕眉上愁鎖情得箇親受用錦裀香幕

南撲燈蛾 合 一箇亭亭的出水芰荷一箇嬌嬌的摩空俊鶻一

箇赫赫的上鑾坡、一箇昔昔的任錦窠、這恰恰姻緣較妥、隱隱

似雎鳩在河、看兩兩鷄鶒停波、雙雙天然輻輳、燦瑩瑩紫袍光

燿錦雲羅、

〔南尾〕生旦惟願人間恩愛皆如我、不枉當初受坎坷、夢裡良緣饞

結果

銀漢星廻一道通　青鸞飛入合歡宮

今宵賸把銀缸照　猶恐相逢是夢中

多賤如屯窗更如此多人說多話多

情深打破

此記妙處在境界新機緣巧就中多許多情事聚散如浮蛾岩烟不可把捉大凡劇場上看了前折便去後折等戲極是嚼蠟此獨脫套類徑取以一轉耳目遂得主幟詞壇

異夢記卷之下　終

ISBN 978-7-5010-7418-1

9 787501 074181 >

定價：80.00圓